눈으로 보는 광고천재 11

킹묵 현대 판타지 소설

초판 1쇄 찍은 날 § 2021년 8월 23일
초판 1쇄 펴낸 날 § 2021년 8월 30일

지은이 § 킹묵
펴낸이 § 서경석

총괄팀장 § 노종아
편집책임 § 박현성
디자인 § 스튜디오 이너스

펴낸곳 § 도서출판 청어람
등록번호 § 제387-1999-000006호
등록일자 § 1999. 5. 31
어람번호 § 제1-3153호

주소 § 경기도 부천시 부일로 483번길 40 서경B/D 3F (우) 14640
전화 § 032-656-4452 팩스 § 032-656-4453
http://www.chungeoram.com
E-mail § chungeorambook@daum.net

ⓒ 킹묵, 2020

ISBN 979-11-04-92375-3 04810
ISBN 979-11-04-92281-7 (세트)

킹묵 현대 판타지 소설

도서출판 청어람

눈으로 보는 11 [완결]
광고천재

ODERN FANTASTIC STORY

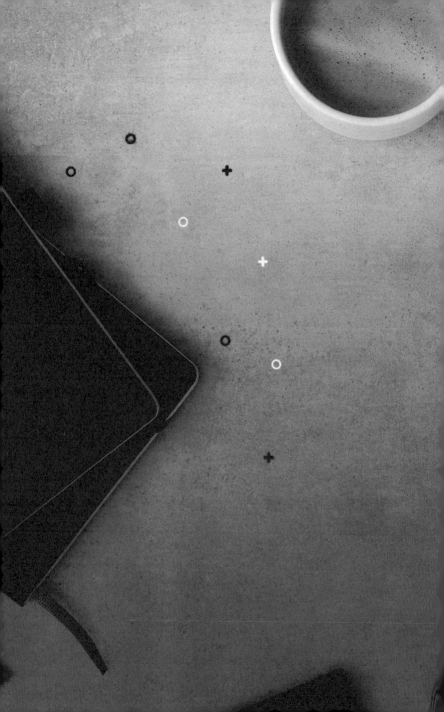

목차

제1장

영웅 II

　한 달 뒤. 한겸은 매일매일 같은 작업을 반복 중이었다. 그럼
에도 전혀 지루해하는 표정이 아니었다. 오히려 시간이 갈수록
기대하는 표정으로 변했다. 각 파트 간 마지막 장면은 이미 구상
한 상태였고, 지금은 그 장면에 들어갈 배경과 모델을 찾는 중이
었다. 물론 범찬과 수정, 종훈도 같은 작업을 반복하고 있었다.
지루한 작업으로 인해 한겸만큼 기대하는 표정은 아니었지만 이
런 작업이 익숙했기에 군소리 없이 작업을 했다.

　그런데 어제부터 한겸의 표정이 조금씩 변했다. 화면을 보며
얼굴을 찡그리기도 하고, 생각대로 일이 풀리지 않는지 한숨을
뱉기도 했다.

　"겸쓰 어제부터 왜 저러지?"

"그러게. DooD에서 연락 미뤄서 그러나? 최범찬, 네가 가서 물어봐."

"왜 내가?"

"네가 낄 데 안 낄 데 구분 못 하니까."

"말을 해도."

수정은 범찬이 등을 밀었고, 범찬은 마지못해 한겸에게 다가 갔다.

"겸쓰! 너, 뭐 복권 긁냐?"

"왜?"

"작업물 볼 때마다 복권 긁는 사람처럼 긴장하잖아."

"그랬어? 생각해 보면 복권하고 비슷할 수도 있겠네. 모델 잘 찾으면 그게 복권 당첨이지."

"개똥 같은 소리 하고 있네. 그런데 작업물이 마음에 안 드냐? 윈드는 배경이 한정적이라서 작업하는 것도 한계가 있어."

"알아. 그래서 그런 거 아니야."

"그럼 아직 완성된 게 아무것도 없어서 그래?"

"뭐가?"

"너 표정 말이야. 찾는 게 없어서 그런가 표정 썩어 있잖아."

"병원에서 의사하고 간호사는 찾았잖아."

한겸은 범찬을 보며 피식 웃더니 입을 열었다.

"뭐야, 네가 더 걱정하는 거 같은데?"

"아, 말렸네."

아직 DooD에서 제대로 된 답변을 들을 수 없었지만, 지난 한 달간 아무런 성과가 없었던 것은 아니었다. 다른 파트인 병원 신의 모델은 쉽게 찾았고, 배경 역시 병원으로 확정이 된 상태였다. 모델도 연성과 친분이 있는 의사인 데다가 노란색으로 보이는 간호사들도 한 명이 아닌 여러 명이나 되었다. 그래서 그중 연성이 편한 사람으로 선택해 병원 측에 알린 상태였다. 다만 아직 촬영 계획이 잡히지가 않았다. 그래서 현재로써는 다른 장면에서의 모델을 찾는 것이 먼저였다. 만약 적합한 모델을 찾지 못한다면 아예 처음부터 다시 기획을 해야 될 수도 있었기에 병원신도 촬영할 이유가 없었다. 그래도 그 부분에 대해서는 크게 걱정하지 않았다.

"그럼 이제 JD 직원들 몇 명 남지 않아서 그래? 아니면 DooD는 시작도 못 해서 그래?"

"아니라니까? 안 그래도 JD에서 외부 영업 판매 사원들 만나게 해준다고 그랬어."

"아나! 그 사람들 또 언제 만나. 만나서 사진 찍고 그럴 거잖아. 그거 하기 전에 스토리부터 완성해야지."

"일단 모델부터 찾고. 그래도 그렇게 많진 않을 거야. JD 직원들도 한 대표님같이 권위 의식이 없고 사람에 대한 차별 없는 사람 위주로 만날 거야. 홍보 팀장님이 인성 평가 바탕으로 보내주신다고 그랬어. 거기서도 못 찾으면 처음부터 다시 해야 되겠지만."

"그게 말이야 방구야."

"조금만 고생하자."

한겸 역시 미안하기는 했지만 그들 중 분명히 색이 보이는 사람이 있을 것이라고 확신했다. 기획이 잡혀 있지 않았다면 이런 확신을 하지 않았겠지만, 방향이 잡혀 있다 보니 확신할 수 있었다. 지금까지 광고를 제작하며 찾은 모델들 역시 콘셉트에 맞춰서 선정한 사람들이었다. 스키를 잘 타는 서승원이나, 발라드로 1위를 한 박재진, 거기다 박순정 김치의 왕배추까지. 모두 콘셉트에 맞는 모델들이었다. 때문에 한겸은 곧 색이 보이는 모델을 찾을 거라는 생각에 그 점은 별로 신경 쓰지 않았다.

"그럼 뭐 때문에 표정이 그래. 뭐 마음에 안 드냐?"

"이거 때문에 그래."

한겸은 모니터를 가리켰다.

"이미 작업했어?"

"가운데는 연성 씨 넣어놓고 양쪽에 한 대표님하고 이쪽은 빈칸으로 만들어봤는데 어때?"

"벌써 이렇게 작업했어?"

"마지막에 합쳐지는 장면이야."

한겹의 말이 끝남과 동시에 수정과 종훈이 궁금했는지 합류했다. 한겹의 모니터를 보던 수정은 고개를 갸웃거리며 물었다.

"JD에 프레젠테이션 한다고 가져갔을 때하고 칸 나눈 거 말고는 큰 차이는 없는데?"

"응, 맞아. 마지막 장면은 이렇게 완성하면 될 거 같거든."

"스토리는 저번에 말한 대로?"

"응. 거기서 지금 현실 영웅을 조금 섞을까 해. 직원은 연성 씨에 관한 일을 알아보러 다니고, 대표는 연성 씨를 만나러 가고."

"그럼 연성 씨는?"

"기다리는 거지."

"그럼 다 짜인 건데 문제없잖아."

"이걸 봐. 그냥 스톱모션처럼 만들어봤는데 한번 봐봐."

한겹은 직접 만든 파일을 팀원들에게 보여주었다. 그러자 그걸 보던 종훈이 문제를 알아차렸는지 이해한 표정으로 입을 열었다.

"확실히 정신없네."

"그렇죠?"

"응, 두 개가 같이 움직이니까 어디에 집중해야 될지도 모르겠네. 지금도 그런데 한 명이 더 늘면 더 정신없을 거 같겠다."

"맞아요."

종훈은 한겸의 걱정을 정확히 지적했다. 대만 분트 때도 포토 모자이크로 인해 사람들의 집중도가 떨어졌다는 평가를 받았기에 더욱 신경이 쓰였다.

"마지막은 괜찮죠?"

"응, 그럴 거 같아. 경계가 사라지면서 하나의 화면에 다 들어오니까. 모이는 과정을 보여줄 때가 문제구나."

"칸을 유지하면서 집중될 수 있도록 이 부분에 대해서 생각을 해봐야 될 거 같아요. 일단 모델부터 찾으면서 좋은 아이디어 있으면 바로바로 얘기해 줘요."

한겸이 걱정하는 부분을 이해했는지 다들 걱정하는 표정으로 자신들의 자리로 돌아갔다.

'어떻게 해야 할까.'

한겸은 턱을 괴고는 모니터를 뚫어져라 쳐다봤다. 어떻게 해야 집중을 시킬 수 있을지 고민하고 또 고민했다. 그때, 신입 팀원들이 눈에 들어왔다. DooD의 히어로에 관한 홍보를 놓고 상의할 일이 있었는지 하던 일을 멈추고 테이블에 모였다. 그들은 임 프로의 주도하에 일을 진행하고 있었고, 손발이 조금씩 맞아가고 있는 것처럼 보였다.

"이용식 소방관에 대해서 알아봤나요?"

"네, 아들이 한 명 있는데 이번에 중학생이 되었다고 합니다. 그래서 아들에게 초점을 맞추는 게 어떨까 합니다. 중학생들에게 인기 있는 선물 리스트도 준비했고요."

"그리고 사모님과 인터뷰를 해보니까 아들에게 소방관님에 대해서 제대로 설명을 하진 못했다고 하네요."

"그래서 소방관님이 어떤 일을 하셨는지 아드님에게 알려 드리는 그런 기획을 하는 게 어떨까 합니다."

한겸은 신입 팀원들의 대화에 관심을 갖느라 고민하던 것도 잊어버렸다. 자신들이 기획을 할 때는 서로 의견을 내고 조합하고, 지적도 하고 다투기도 하면서 기획하는 반면, 신입 팀원들은 마치 한 명이 진행하는 것처럼 부드럽게 이어지는 게 느껴졌다. 오히려 자신들이 하는 것보다 더 기획 회의 같은 느낌에 한겸은 멋쩍은 웃음이 나왔다.

"아무래도 중학생에게 아버지가 있고 없고는 굉장히 크다고 생각해요."

"그렇죠. 친구들 사이에서도 알게 모르게 위축이 될 수도 있고요."

"맞습니다. 그래서 기왕 알리는 거, 사모님만 허락하시면 친구들도 소방관님이 어떤 일을 하셨는지, 그리고 어떤 사람이었는지 알려주는 게 어떨까 합니다."

"음… 그럼 아들이 다니는 학교에 소방 관련 교육을 하는 게 좋겠군요."

"그게 좋을 거 같아요. 거기다가 기왕이면 이용식 소방관님하고 같이 근무했던 분들이 교육을 해주시는 게 어떨까 하네요. 아버지가 이런 일을 하시다가 돌아가신 거라고 제대로 알려주는 게 좋을 거 같습니다."

"좋네요. 그분들은 누구보다 이용식 소방관님에 대해 잘 알고 있을 테니까요."

"아하, 그럼 이대로 알아볼까요?"

"그러죠. 일단 DooD에 연락해서 컨펌 받아보고, 통과되면 바로 진행해 보죠. 사모님에게 연락하시고, 같이 근무했던 소방관님들 알아보시고요. 그리고 학교에도 가능한지 알아보죠."

임 프로의 말이 끝나기 무섭게 다들 다시 사방으로 흩어졌다. 그러고는 각자 일을 하기 시작했다. 그 모습을 보던 한겸은 기분이 묘했다. 서로 다른 일을 하다가도, 뭉쳤을 때는 하나의 팀으로 보였다. 아마 이번 DooD의 일로 경험이 쌓인다면 그들도 하나의 팀으로 꾸려서 일을 진행해도 무리 없을 것처럼 보였다. 그때, 회의를 진행하던 임 프로가 한겸에게 다가왔다.

"들으셨죠?"

"네?"

"힐끔 보니까 저희 보고 계시더라고요. 김 프로님이 보시기에는 어떠신가 해서요."

한겸은 멋쩍게 웃으며 대답했다.

"좋은 거 같아요."

"그렇죠? 너무 감성적으로 가는 건 아닐까 걱정했거든요."

"현실 히어로에 대한 얘기인데 감성을 건드릴 수밖에 없죠. 좋은 거 같아요. 다만 몇 년 전 일인데 JD에서 어떤 식으로 도움을 줄지가 문제네요. 그 부분만 해결되면 좋을 거 같아요."

"휴, 다행이네요. 저희가 알아보니까 이용식 소방관님 가족들은 순직유족급여를 받고 있다고 하더라고요. 그런데 순직을 인정받기까지가 힘들었다고 했습니다. 저희가 알아본 바로도 문제가 조금 있어 보였고요. 현장에서 사망을 하면 순직이 인정되기가 쉬운 반면, 소방 업무를 하며 얻은 질병으로 인해 사망을 했을 때는 순직 처리가 힘들다고 들었습니다. 보상을 받는 것 또한 힘들고요. 그 부분을 지적하면 좋을 것 같습니다."

"어떻게 알아보셨어요?"

"여러 방면으로 알아보기도 했는데 그래도 최 프로님이 도움을 많이 주셨습니다. 최 프로님 아버님도 소방관이셨는데 업무상 다치셨더라고요. 그래서 많은 도움을 받았습니다."

한겸은 못 들은 척하고 있는 범찬을 보며 피식 웃고는 고개를 끄덕거렸다.

"그렇게 진행하시면 되겠네요."

"괜찮나요?"

"훌륭한데요. 저희보다 훨씬 더 제대로 된 팀처럼 보였어요. 각자 일 하다가도 뭉치면 마치 한 몸처럼 진행하고 그러시던데요?"

"에이! 그건 아니죠. 저희가 프로님들처럼 되려고 따라 한 건데요. 각자 역할도 나눠져 있어요. 제가 김 프로님 역할이고요. 아무튼 김 프로님이 괜찮다고 하시니까 마음이 조금 놓이네요."

임 프로는 만족한 표정으로 자리로 돌아갔다. 그와 동시에 한겸은 웃으며 팀원들을 쳐다봤다.

'남들이 보기에는 우리도 저렇게 보이나 보네.'

묵묵히 자료를 분류하는 수정부터 구도를 잡는 종훈과 투덜거리며 포토샵을 하는 범찬까지. 지금 보니 꽤 체계적으로 진행이 되고 있었다. 수정이 종훈에게 넘기고, 종훈은 다시 범찬에게 넘겼다. 그럼 범찬이 다시 간단한 작업을 해서 다시 수정과 종훈에게 나눠 준 뒤 완성시키는 식이었다.

'이렇게 보니까 우리도 잘하고 있구나. 나만 잘하면 되겠네.'

한겸은 기분 좋은 미소를 짓고는 모니터로 고개를 돌렸다. 그리고 순간 좋은 아이디어가 떠올랐다. 한겸은 곧바로 모니터에 얼굴을 파묻고 작업을 하기 시작했다. 간단한 작업이었는지 그리 시간이 오래 걸리지 않았고, 한겸은 자신도 모르게 크게 소리쳤다.

"하나씩 보면 되겠네. 이렇게 간단한 걸!"

팀원들은 고개를 돌려 소리를 지른 한겸을 봤고, 한겸은 웃으며 말했다.

"너희들처럼 하나씩 보면 되겠어!"

"또 무슨 개똥 같은 말이야."

"칸을 유지한 채 두 개는 멈춰 있는 상태에서 한 칸씩만 움직이는 거야. 그러니까 한 대표가 나올 때는 다른 두 칸이 멈춰 있는 거지. 그리고 한 대표가 마지막 배경에 도착하면 한 대표 칸이 멈추고 다음 칸이 움직이는 거고. 사실 어떤 칸이 먼저 움직이는 건 중요하지 않아. 한칸씩 움직이는 게 중요하지. 그리고 다음 칸도 마지막 배경에 도착하고."

"괜찮은데? 그런데 연성 씨는? 연성 씨도 움직이는 게 낫지 않아?"

"연성 씨가 스토리를 끌고 나가서 초점이 연성 씨에게 맞춰져 있어. 그래서 연성 씨가 움직여 버리면 각 파트에 담긴 의미가 제대로 표현이 안 될 수 있거든. 그래서 연성 씨는 처음부터 마지막 배경에 들어와 있는 상태여야 하는 게 맞는 거 같아. 그리고 시간 배분도 생각해야 돼. 연성 씨까지 움직이면 너무 길어질 거 같아. 가상공간에서 움직이기도 힘들 거 같고."

아직 확인이 된 건 아니지만 스스로도 꽤 괜찮은 방법이라고 생각했다. 이제는 생각이 맞는지 확인할 차례였다. 한겸이 곧바로 휴대폰을 꺼내 들 때, 마침 기다리던 전화가 왔다. 아직까지 제대로 된 답변을 주지 않던 DooD의 진혁이었다.

"임 팀장님."

—네, 김 프로님. 연락이 늦었죠?

"아니에요. 이벤트는 어떻게 됐나요?"

—아… 음… 죄송한데 그건 좀 힘들게 됐습니다.

"네……? DooD에 분명 도움이 될 건데요."

—저희도 그렇게 생각합니다. 그래도 이번 이벤트를 진행하기에 시간도 부족하고 자금 문제도 있고 그러네요. 그리고 해외에서는 오픈베타 없이 정식 서비스가 시작되는데 임의대로 초대한다고는 해도 국가 간 형평성 문제도 있다는 지적을 하더군요. 그래서 한국에서는 기존대로 진행하고, 본행사 하루 전 날 현실 영웅들을 위해서 일정을 추가하기로 결정됐습니다.

"아……."

—일단 내일 만나서 얘기하시는 게 어떨까요. 내일 연성 씨 퇴원하는데 오실 건가요? 오시면 병원에서 만나면 될 거 같습니다.

DooD의 입장이 충분히 이해가 됐지만 상황이 생각대로 흘러가지 않자 한겸은 자신도 모르게 표정이 찡그려졌다. 이벤트 기간까지 시간이 촉박했기에 아무래도 해외 유저 초청은 힘들 것처럼 보였다.

*   *   *

한겸은 진혁보다 먼저 연성의 병원에 도착했다. 깁스마저 할 수 없을 정도였던 연성은 많이 호전되었는지 이제는 깁스를 하고 있었다.

"이제 좀 괜찮아요?"
"괜찮죠. 아… 그나저나 감사합니다."

한겸은 연성이 어떤 이유로 감사 인사를 하는지 알고 있었기에 미소를 지었다.

"쓸데없는 짓 했다고 욕하던 친구들도 이제는 영웅이라고 그러더라고요."
"잘됐네요. 방송국에서도 취재 많이 오고 그랬죠?"
"네. 아직도 연락이 와요. 그런데 JD하고 얘기한 게 있어서 방송은 안 했어요."
"JD만으로도 충분할 거예요."

"네! 병원에서도 대우가 막 달라지는 느낌이더라고요. 다들 먼저 인사해 주고."

자신을 향한 관심이 좋은지 연성은 환한 미소를 짓고 있었다. 한겸은 피식 웃고는 병실을 살폈다.

"어머님은 어디 가셨어요?"

"아, JD에서 온 사람하고 잠깐 나가셨어요. 병원비 때문인 거 같더라고요."

"JD에서 직접 왔어요?"

"네. 영상도 찍어 가고 그랬어요."

현실 히어로에 대해서 JD가 가장 열심히 홍보 중이었다.

"그런데 노트북은 안 챙겨요?"

"챙겨야죠."

"지금까지 게임하고 계셨어요? 어머님이 싫어하실 텐데."

"아! 크크크. 그거 이제 괜찮아요. DooD하고 스트리머 계약해서 이걸로 돈 번다고 하니까 열심히 하라고 하더라고요. 덕분에 열심히 하고 있습니다!"

한겸이 피식 웃을 때, 병실 문이 열리면서 진혁이 들어왔다.

"연성 씨, 퇴원하셔야죠! 어, 김 프로님 벌써 와계셨네요."

진혁이 엄청나게 환한 미소를 지은 채 병실로 들어왔다. 순간 진혁의 밝은 표정을 보자 한겸은 자신도 모르게 속에서 짜증이 올라왔다.

한 달 넘게 고생해 가며 기획을 해서 DooD의 이미지 개선은 물론이고 많은 유저들을 얻게 만들었는데 정작 자신이 얻은 것이 아무것도 없었다.

"김 프로님, 표정이 왜 그러세요? 어디 불편하세요?"
"아닙니다."

아직 설득해야 했기에 한겸은 애서 표정 관리를 했다. 당장 가상공간 이벤트에 대한 걸 말하고 싶었지만 연성이 우선이기에 참고 있었다. 그때, 진혁이 신이 난 표정으로 연성에게 말했다.

"저희 히어로 카 못 보셨죠! 장난 아닙니다. 외부는 화려함 그 자체고요, 내부도 하이 리무진으로 구조 변경까지 했습니다. 만족하실 겁니다."
"네… 뭐… 그거 꼭 타고 가야겠죠……?"
"오타쿠 같고 그럴까 봐 그러시죠? 그냥 딱 봐도 멋있습니다! 바람에 날리는 느낌까지 들 겁니다."

한겸은 입을 다문 채 얘기를 듣고 있었다. 그때, 진혁이 한겸을 보며 말했다.

"김 프로님도 같이 가시면서 얘기할까요?"

"아니에요. 일단 연성 씨 퇴원부터 하고, 그러고 얘기하죠. 전 여기서 기다리겠습니다."

"네? 기다리시면 제가 죄송하죠. 그럼 지금 얘기할까요?"

"기다릴게요."

"아닙니다. 오래 걸리는 것도 아니고 연성 씨도 관련된 일이니까 괜찮죠?"

한겸은 DooD를 설득해야 하는데 연성 앞이었기에 난감했다. 하지만 진혁은 전혀 개의치 않는 표정으로 입을 열었다.

"어제 전화로 말씀드렸듯이 한국에서 진행되는 이벤트는 기존대로 진행하고, 현실 히어로분들을 모시는 행사만 추가됩니다. 원래는 본행사 다음 날로 잡으려고 했는데 급하게 구하느라고 그렇게 하기는 힘들더라고요. 그래서 평일이지만 금요일에 진행이 됩니다. 이건 확정이 된 상태고요."

"그럼 저희가 DooD에 제안한 기획은 안 하실 생각이십니까? 전에도 말씀드렸듯이 DooD에 도움이 많이 될 겁니다."

"당연히 알죠. 그래서 정말 많이 고민했는데 아무래도 여건상 이대로 진행하는 게 맞다는 의견들이 나왔습니다."

"그럼 저희가 제안한 기획은요?"

"해야죠."

의아한 표정으로 진혁을 보던 한겸이 약간 불쾌해하는 표정으로 변했다.

"그럼 저희더러 기획을 바꾸라는 말씀이신가요?"

"네? 아닙니다! 그런 거 아닙니다."

"지금 기획한 이벤트를 진행할 수는 없고, 우리 기획에는 계속 참여하고 싶다는 말이 그 뜻 아닌가요?"

"오해하셨네요. 아닙니다. 어? 그래서 표정이 안 좋으신 거였어요? 이거 좀 섭섭한데요. 제가 얼마나 노력했는데요."

진혁은 진심과 장난이 반반 섞인 표정으로 한겸을 봤다.

"어제도 말씀드렸듯이 해외 유저들을 초청하는 건 어려워요. 일단 가장 큰 거는 예산이죠. 미국을 예로 들어보면 100명만 초대한다 쳐도 비행기 왕복 티켓값만으로도 몇 억은 우습더라고요. 거기에 숙식까지 제공하고, 그 외 그 사람들을 위한 스케줄까지 진행해야 돼요. 그렇다고 한국에 1박 2일로 초대하는 것도 이상하고요."

"그럼 어떻게 하실 생각이신가요?"

"일단 한국에서 먼저 진행하고 장비들을 해외로 보내서 그 나라에서 이벤트를 진행하는 게 나을 것 같더군요. 예산도 예산인데 그 나라에서 홍보도 할 수 있을 거 같고요. 가장 처음은 먼저 북미가 될 겁니다."

"중국이 아니고요?"

"중국은 가장 나중에 갈 거 같습니다. 심의 문제를 해결해야 돼서요."

가만히 생각하던 한겸이 조심스럽게 입을 열었다.

"제가 모델을 보려고 하는 건 아시죠?"

"당연히 알죠. 해외에서 진행해도 저희한테 실시간으로 전송 되니까요. 그리고 데이터 자료라서 전부 저희 서버에 저장될 예 정입니다. 그걸 김 프로님에게 공개하는 거고요. 김 프로님도 그 렇게 하는 게 편하실 거 같은데요."

이야기를 들은 한겸은 잠시나마 DooD를 오해한 것이 미안해 졌다. 그때, 진혁이 아직 하지 못한 말을 꺼냈다.

"다만 그렇게 하면 김 프로님이 생각하시는 기간보다 늘어날 수도 있을 겁니다. 혹시라도 장비가 고장 날 수도 있고 각 나라 마다 상황이 변할 수가 있으니까요. 그래도 저희로서는 최선책 을 내놓은 겁니다."

"괜찮네요."

DooD가 굉장히 신경을 썼다는 것이 느껴진 한겸은 머쓱하게 웃고는 가볍게 고개를 숙였다. 오해를 하고 있었다는 걸 진혁이 눈치챈 이상 솔직하게 사과를 하고 넘어가는 것이 맞다고 판단했다.

"사실 DooD가 지금 얻을 수 있는 건 다 얻은 상태라서 진행 안 하실 거라고 오해했어요. 죄송합니다."

"어우! 무슨 사과까지 하고 그러세요. 충분히 그럴 만하죠. 그래도 저희 DooD에서 많이 고민하고 결정한 거니까 앞으로도 잘 부탁드립니다."

"잘 만들게요."

한겸은 다시 고개를 살짝 숙인 뒤 입을 열었다.

"그럼 연성 씨부터 가상공간을 체험할 수 있을까요?"

"그럼요. 그래서 연성 씨 있는 데서 얘기해도 된다고 그런 거예요. 체험 준비는 끝났고요. 다만 연성 씨가 걸을 수 있을지가 걱정입니다."

옆에서 듣던 연성이 꽉 쥔 주먹을 들어 올리며 대화에 끼어들었다.

"가능하죠! 달릴 수도 있습니다!"

"그렇게 간단하게 말할 게 아니에요."

"가상공간이란 게 무슨 캡슐 같은 데 들어가서 누워 있으면 되는 거 아니에요?"

"네? 영화를 너무 보셨네. 뭐 또 나중에는 모르겠지만 지금은 그렇게는 못 하죠. 지금은 몸에 센서를 부착하고 직접 움직여야 합니다. 그래서 직접 걸어야 되는데 연성 씨가 자연스럽게 걸으시려면 아무래도 시간이 좀 걸리겠죠?"

"아……."

대화를 듣던 한겸은 걱정 없다는 표정으로 말했다.

"괜찮아요. 연성 씨는 마지막 배경이 될 곳에 서 있을 거예요. 그럼 다른 사람들이 연성 씨가 있는 곳으로 오는 걸 보여줄 거고요."

"그럼 문제없겠네요."

"그런데 현실 히어로 이벤트에 참가하는 분들 중에 몸이 불편하신 분들이 많은데 그분들은 어떻게 하실 생각이세요?"

"저희도 그게 고민입니다. 그래서 진행 요원들이 옆에서 부축을 하는 게 좋을 거 같더라고요."

한겸은 DooD가 보여준 마음에 보답하기 위해 자신의 생각을 꺼내놓았다.

"음. 차라리 게임 이름처럼 바람을 타고 다니는 것처럼 보이게 하면 어때요? 휠체어나 다른 보조 장치들을 탈것처럼 보이게 할 순 없나요? 근두운 같은 걸로요. 그럼 조금 더 실감이 나지 않을까요?"

"오, 좋네요. 윈드에도 탈것이 존재하니까요. 당장 사용하기는 어렵겠지만, 확실히 좋은 아이디어 같습니다. 이번엔 안 되면 다음에 그렇게 해도 좋을 것 같습니다. 역시 김 프로님이시네요."

한겸은 가볍게 웃고는 말을 돌렸다.

"그럼 연성 씨 체험은 언제 가능할까요?"
"다음 주에 이벤트 시작해서 사실 여유가 그렇게 많지는 않아요. 그래서 빠르면 빠를수록 좋죠. 그래도 연성 씨 컨디션에 맞춰야겠죠?"

그러자 연성이 다시 한번 주먹을 내밀었고, 한겸도 빨리 확인하고 싶은 마음에 내심 기대하며 연성을 봤다.

"오늘 컨디션 최상인데 오늘 가죠!"
"네? 괜찮겠어요?"
"내일은 컨디션 안 좋을 거 같은데요!"
"음, 그럴 수 있죠."

가만히 듣던 진혁은 어이없다는 표정으로 한겸과 연성을 봤다.

"뭐가 그럴 수 있어요. 오늘 퇴원하는 사람이!"
"어! 임 팀장이 히어로 카 엄청 편하다고 그러시지 않았나요?

김 프로님도 들으셨죠?"

"들었죠. 하이 리무진이라고 그랬죠. 윈드의 캐릭터가 그려진 차로 고속도로를 달리면 홍보도 될 거 같네요."

진혁은 어이없는 듯 두 사람을 봤다.

＊　　　　＊　　　　＊

C AD의 앞에 도착한 한겸은 서둘러 차에서 내렸다.

"연성 씨, 조심히 가요."
"네, 네. 빨리 가세요. 출발하게."
"오늘 촬영한 거는……."
"빨리 가시라니까요. 사람들 다 쳐다보잖아요."
"알았어요. 그럼 전화로 얘기할게요."
"빨리! 저기 커피숍 사람들 나오려고 그러네!"

한겸은 웃으며 차 문을 닫았다. 그러자 차가 곧바로 출발했고, 한겸은 조용히 멀어지는 차를 지켜봤다. 진혁이 자신 있게 말했던 것과 다르게 어떻게 허가를 받았는지 궁금할 정도로 너무나 화려했다.

고속도로에서는 그나마 괜찮았는데 시내에 들어선 순간 사람들의 시선을 한 몸에 받았다. 신호라도 걸리면 다른 차들의 운전자가 창문을 내리고 사진을 찍어댈 정도였다. 그래도 그만큼 홍보 효과는 대단했다.

차가 보이지 않자 한겸도 회사로 올라가기 위해 몸을 돌렸다. 그러자 연성이 말했던 대로 커피숍에 있던 사람들이 전부 한겸을 보고 있었다.

커피숍 사장은 물론이고 손님들까지 관심을 보였다. 그러던 중 자신을 지켜보는 사람들 사이에서 익숙한 얼굴이 보였다. 한겸은 웃으며 커피숍으로 들어갔다.

"범찬아, 왜 여기서 기다렸어?"

"커피 사러 왔지. 그나저나 넌 진짜… 대단하다."

"뭐가?"

"겸쓰, 너 어떻게 저거 타고 올 생각을 했냐? 내가 아무리 게임을 좋아한다 해도 저건 못 타겠다."

"그래도 그만큼 관심받잖아."

범찬은 얼마나 싫은지 몸까지 부르르 떨었다. 그러고는 갑자기 팔꿈치로 한겸의 옆구리를 때렸다.

"그나저나 왜 나 안 데리고 갔어!"

"일이 갑자기 진행돼서 그랬어."

"너, 해봤냐?"

"나도 못 해봤어. 연성 씨만 하는 거 지켜봤지."

범찬은 한겸을 힐끔 쳐다보더니 입을 열었다.

"뭐야, 표정 보면 잘 나왔나 본데? 요즘 계속 똥 씹은 표정이었는데 지금은 활짝 폈네? 혹시 똥이 이제 입에 맞냐?"

"뭔 소리야. 연성 씨 엄청 잘 나와서 그래."

"오. 네 입에서 엄청 잘 나왔다고 그럴 정도면 대박이겠는데? 봐봐."

"잘 나왔어. 이제 촬영 계획 짜도 될 거 같아."

"벌써? 윈드 다른 사람들 확인도 못 했잖아."

"아마 보일 거야."

"보이긴 뭐가 보여."

한겸은 피식 웃고는 말을 이었다.

"그 정도로 잘 나왔어. 올라가서 보여줄게. 가자."

한겸은 범찬을 데리고 사무실로 올라왔다. 그러고는 곧바로 팀원들을 불러 모은 뒤 DooD에서 받아 온 영상을 재생시켰다.

"와! 이게 가상공간이야? 실사 같은데? 연성 씨도 완전 그대로 나오네."

"멋있지?"

"대박. 게임이 아니라 진짜 해외에 있는 산꼭대기 같은데? 배경은 여기로 확정이야?"

"응. 공간이 한정적이라서 걱정했는데 여기에 세워두니까 잘 어울리더라고."

"이거 배경 찾느라 얼마나 걸렸냐?"

한겸은 피식 웃고는 말을 돌렸다.

"배경도 배경인데 연성 씨 잘 봐봐."

"신나하는 표정인데?"

"그렇지? 자신 있는 표정처럼 보이지?"

스토리를 어느 정도 짜놓은 상태였기에 팀원들은 한겸이 말한 의미를 이해했다.

"그럼 각기 다른 방향에서 연성 씨 있는 곳으로 모이는 걸 보여주려고 했으니까 이게 끝이겠네? 이것도 하체는 안 보여주면서?"

"응, 통일되게 상반신 위주로만 보여주다가 마지막에 전체를 보여줘야지. 여기서도 그래서 연성 씨가 먼저 도착해 있는 걸 보여줄 거야. 먼저 도착해 있는 연성 씨가 '늦었잖아'라고 말하면서 반기는 거고. 확인을 해봐야겠지만 마지막에는 세 사람이 현실에 있는 각자 집에서 웃는 모습을 보여줘도 좋을 거 같아."

"좋네. 한국이 인터넷 강국이라는 것도 보여줄 수 있고, 인종간 차별 없이 친구라는 것도 보여주고."

한겸은 만족한 듯 웃으며 화면을 봤다.

"이제 대표님한테 말해놔야겠다."

제2장

제작

　그로부터 며칠 뒤. 아직 JD의 한 사람이 구해지지 않은 상태였지만 거의 구색이 갖춰지고 있었다. 스토리부터 모델은 물론이고 마지막 배경까지 구상을 해놓았기에 이제는 본격적으로 촬영을 통해 색을 찾는 일을 시작할 때였다. 그래서 한겸은 가장 첫 번째로 병원에 와 있었다.

　온전한 촬영이 아니라 사전 확인을 위한 촬영이었기에 연성을 제외한 채 확인 중이었다. 그럼에도 병원의 홍보 팀은 온갖 편의를 봐주고 있었다. 덕분에 편하게 작업을 할 수 있었고, 홍보실장이 계속 함께 자리하고 있는 터라 모델로 선정된 의사와 간호사도 군소리 없이 따라와 주고 있었다. 두 사람 모두 전문 모델이 아니었기에 무척 어색해하는 것만 빼고는 문제가 없었다.

"진짜 이렇게 돌아다니기만 해도 되나요?"

"네, 카메라 의식하지 마시고 평소 하시던 대로 돌아다니시다가 아까 바닥에 테이프 붙인 곳까지만 가시면 돼요."

"카메라가 있는데 평소처럼 하기는 어렵죠. 차라리 환자 보는 게 더 편하겠네요."

의사는 연성이 말한 대로 굉장히 차가운 느낌이었다. 인상 때문인지 말투 또한 굉장히 차갑게 느껴졌다. 한겸만 그렇게 느끼는 것이 아니었다. 기획 팀원들은 물론이고 촬영을 도와주러 온 방 PD 역시 똑같이 느꼈는지 한겸에게 조용하게 말했다.

"김 프로, 이거 맞아?"

"……."

"이거 따뜻한 분위기가 아니라 누구 때려잡으러 가는 분위기인데. 세 칸으로 나누는 거 때문에 비율이 이상해서 그런가?"

"그러게요. 원래 표정이 저런 건지 아니면 사람들이 쳐다봐서 긴장해서 굳은 건지 모르겠네요. 그래도 잘 어울리는 거 같은데요?"

한겸은 웃으며 대답했다. 아직 강혜주의 피부색이 회색으로 보이고 있지만 포즈만 맞는다면 색을 찾을 수 있으리라 생각했다.

"어울리기는. 삭막해 보이기만 하는데."

"그래요?"

"그렇지. 병원 일이 힘들어서 그런가? 정형외과가 힘들다고 그러잖아. 가뜩이나 여자니까 더 힘들 거 아니야."

"사람 살리는 데 남자 여자가 어디 있어요. 그나저나 진짜 확실히 차가운 인상이긴 하네요."

"그런데 사전에 확인 안 했었어?"

"했죠. 그래도 확인할 때는 괜찮을 거 같았거든요."

노란색으로 보였기에 선택했는데 지금 보면 방 PD의 말처럼 어울리지 않는 느낌도 들었다. 옆에 있던 종훈도 동의한다는 듯 고개를 끄덕이며 팀원들에게 말했다.

"뭔가 포스가 엄청나네. 전에 연성 씨가 자길 휘어잡는 사람이 이상형이라고 그러더니 정말 딱이긴 하네."

범찬은 놀랍다는 듯 혀까지 내밀며 말했다.

"저 선생님이 이상형이래요?"

"어, 전에 여기 밑에 커피숍에서 봤을 때 그랬거든."

"연성 씨도 대단하네. 아까 좀 친해져 보려고 말 시켜봤는데 대답이 죄다 단답형이던데!"

"혹시 너 때문에 기분 상해서 저런 건가?"

"무슨 말을 해도! 내가 말 시켰다고 기분 나쁜 게 말이 돼요?"

그때, 촬영을 기다리던 간호사가 갑자기 대화에 끼어들었다.

"안연성 씨 이상형이 강혜주 부교수님이래요? 선생님이 동안이셔서 그렇지 애가 초등학생인데!"

그 말을 들은 한겸은 헛물을 들이켠 연성을 떠올리고는 피식 웃었다. 그러고는 촬영을 위해 대기 중인 간호사에게 질문을 했다.

"그런데 부교수님은 원래 저렇게 안 웃으세요?"
"네, 평소에도 잘 안 웃으세요."
"음… 환자분들한테도요?"
"네, 말수도 굉장히 적으신 분이세요. 꼭 필요한 말씀만 하시긴 하세요. 그래도 저희 병원 인턴이나 레지던트들이 가장 존경하는 분이 강혜주 부교수님이세요."

한겸은 신기한 표정을 지은 채 강혜주를 봤다. 여전히 별다른 표정 없이 그저 발걸음을 옮기고 있었다. 인턴이나 레지던트들이 어려워하면 어려워했지 존경할 것 같은 모습은 아니었다. 잠시 생각하던 한겸은 순간, 자신도 모르게 헛웃음을 뱉었다.

'광고에 어울리는 사람이면 당연히 환자를 위하는 사람일 텐데!'

그 때문에 색이 보였을 것이다. 한겸은 곧바로 함께 이동하던 홍보실장에게 말했다.

"지금 환자를 보는 모습을 담을 수 있을까요? 환자분은 안 나오고 선생님만 나오게 할 거거든요."
"괜찮죠. 강혜주 선생님."

홍보실장은 곧바로 강혜주에게 말을 꺼냈다.

"아침에 회진 돌았는데 또 돌라는 거예요?"
"회진이 아니라 그냥 그림을 만들자는 거죠. 병원에 도움되는 일인데 선생님이 좀 도와주시죠."
"스케줄 뺀 것만으로도 충분하지 않나요?"
"환자 보는 게 어려운 것도 아니잖습니까. 도와주시죠."
"환자분들 모두 안정이 필요한데 그건 어려울 거 같네요."
"그러지 마시고 가벼운 증상 있는 환자분 위주로 좀 봐주시죠. 아셨죠? 안유리 선생님, 회진 안내할 인턴 좀 불러주세요."

강혜주는 인상을 찡그렸다. 가뜩이나 차가운 표정인데 인상까지 쓰자 섬뜩한 느낌마저 주었다. 그럼에도 한겸은 만족스러운 미소를 지었다. 그러자 분위기를 살피던 범찬이 한겸의 옆구리를 찔렀다.

"겸쓰, 넌 진짜 사악하다!"

"왜?"

"분위기 이렇게 만들고 뭐가 좋아서 웃어!"

"아, 좋은 동선이 나올 거 같아서."

홍보실장과의 대화만 들어도 환자를 위한다는 것이 보였기에 미소를 지은 것이다. 간호사가 환자들에게도 같은 모습을 보인다고 했지만 분명 차이가 있을 거란 확신이 생겼다. 그때, 간호사가 강혜주에게 조심스럽게 말했다.

"김철민 선생님한테 준비하라고 할까요?"

"아니요. 그냥 가죠."

"그럼 회진 가이딩 준비할까요?"

"괜찮아요. 그냥 혼자 갈게요."

강혜주는 하얀 가운에 손을 꽂고는 홍보실장과 촬영 팀을 못마땅한 표정으로 쳐다봤다. 그러자 홍보실장이 어디론가 전화를 걸었고, 통화가 끝나자 한겸에게 말했다.

"일단 환자분들한테도 양해를 구해야 해서요. 금방 될 겁니다."

잠시 뒤 다시 홍보실장에게 연락이 왔고, 홍보실장은 강혜주에게 올라가도 된다고 말했다. 그러자 강혜주는 곧바로 비상계단을 통해 위층으로 올라갔다. 세 개의 층을 쉼 없이 올라가는데 걸음이 어찌나 빠른지 촬영 팀과 한겸이 쫓아 올라가기도 벅

찼다.

"겸쓰, 겸쓰! 내 짐 좀 들어라! 도대체 엘리베이터 내버려 두고 왜 계단으로 다니는 건데!"
"환자 쓰라고 그러는 거겠지."
"이러다 내가 환자 되겠네!"
"겨우 계단 오른 거 가지고 뭘 그래."

한겸은 기대된다는 표정으로 서둘러 따라갔다. 환자들이 입원해 있는 층에 도착한 강혜주는 촬영 팀을 기다리지도 않고 곧바로 병실을 노크했다. 그러고는 곧바로 병실로 들어갔다.

"촬영 있다고 들으셨죠? 보호자분은 카메라 부담되시면 잠시 나와 계셔도 됩니다. 회진한 지 얼마 안 됐으니까 그냥 살펴보기만 하고 갈 겁니다."

강혜주는 환자를 보기 시작했다. 그 모습을 보던 한겸은 어이가 없었다. 분명 차이가 있으리라 생각했는데 환자에게까지 딱딱한 표정을 유지한 채 마치 기계 같은 말만 늘어놓았다.

"어후."

한겸은 자신도 모르게 한숨을 뱉었다. 도무지 그림이 나올 것 같지 않았다. 그때, 한쪽으로 나와 있던 환자 보호자가 간호사를 보더니 옆으로 다가왔다.

"무슨 촬영하는 거예요?"

"저도 잘 몰라요. 병원 홍보하는 거라고 그러더라고요. 불편하시죠? 제가 이따가 더 잘 봐드릴 테니 좀 봐주세요."

"매번 고마워요. 난 의사 선생님들보다 선생님이 가장 편해요."

"에잇! 그런 말씀 마세요. 선생님들이 다 잘 살펴보라고 해서 그러는 건데요."

"그래도요."

간호사와 보호자의 대화만 봐도 간호사는 환자를 위한다는 게 느껴졌다. 물론 강혜주도 마음으로는 환자를 위하고 있을 수도 있었다. 하지만 그게 너무 드러나지 않았다. 아마 카메라에 담기는 강혜주의 모습은 좀 전과 차이가 없을 것 같았다. 한겸은 그래도 혹시나 하는 마음에 방 PD의 카메라를 확인했다.

"뭐, 똑같지?"

"어? 뭐지?"

"왜?"

"앵글 한번 바꿔보세요."

"어떻게?"

"아무렇게나요."

"어… 이게 맞네?"

"뭔 소리야."

화면 속 강혜주는 여전히 무뚝뚝한 표정이었다. 그럼에도 노란색도 아니고 온전한 색이 보이고 있었다. 혹시 광고가 아니어서 색이 보이나 싶은 마음에 구도를 바꿔봤다. 그러자 강혜주의 피부색이 노랗게 보였다. 앵글과 강혜주의 지금 모습이 맞아떨어져서 색이 보이는 것이었다.

"일단 이대로 담아요."
"그래? 아무튼 촬영은 계속한다?"

한겸은 신기한 듯 강혜주를 쳐다봤다. 오히려 아까보다 더 무뚝뚝했고, 말투도 더 차갑게 느껴졌는데 색이 보이고 있었다. 그 외 다른 환자들을 볼 때도 마찬가지였다. 색이 보여서 좋긴 한데 이유를 모르다 보니 혼란스러웠다.

'끝까지 저런 표정으로 나오는 건가. 그래도 괜찮으려나⋯⋯.'

강혜주 때문에 색이 보이면 좋은 광고라는 믿음이 흔들리기까지 했다. 아무리 생각해도 저런 표정으로 마무리를 하는 건 이상해 보일 것 같았다.

잠시 뒤, 강혜주는 계속해서 병실들을 돌았다. 이제는 촬영팀이 있다는 것도 신경 쓰지 않고 진짜 환자를 보고 있었다. 그러던 중 다음 병실을 가기 위해 복도로 나왔을 때 병실에서 할아버지가 휠체어를 타고 나왔다. 그러자 강혜주가 먼저 입을 열었다.

"이제 퇴원하세요?"

강혜주가 아는 척을 하니 환자는 물론이고 오히려 자식으로 보이는 보호자까지 당황해했다.

"아까도 말씀드렸듯이 수술 잘됐다고 무릎 막 쓰시면 다시 병원에 오셔야 될 수 있으니까 조심하시고요. 6주간은 불편하시더라도 보행기나 휠체어 타고 다니시고요."
"네? 아, 네……."
"그동안 치료받으시느라 고생 많으셨어요. 보호자분도 고생하셨고요. 그럼 6주 뒤에 다시 꼭 오셔서 진료받으세요. 괜찮다고 안 오시면 안 돼요!"

복도에는 오로지 강혜주의 목소리만 들렸다. 말을 끝낸 강혜주는 환자를 보며 환하게 웃었다.

"헙……."

그 모습을 본 사람들 모두가 동시에 나오는 소리를 막기 위해 입을 가렸다. 한겸 역시 놀랍기는 마찬가지였다. 보호자와 환자도 놀란 표정으로 서로의 얼굴을 쳐다보기까지 했다.

"맨날 인상 쓰던 그 선생님 맞죠?"
"저 맞아요."
"어이구… 퇴원할 때 되니까 이제야 웃으시네."
"제가 말한 거 잊으시면 저 또 만나게 되니까 꼭 조심하세요."
"어휴……."

강혜주는 다시 한번 환하게 웃었다. 그 모습을 카메라로 담고
있던 방 PD가 한겸에게 조용하게 말했다.

"김 프로, 이야… 대박이다. 이거 노린 거야?"
"왜요?"
"계속 차갑게 보이던 사람이 웃으니까 분위기가 순식간에 반
전되잖아. 마치 사막에서 헤매고 있다가 오아시스를 발견한 느낌
이랄까? 마지막에도 이렇게 웃으면 그림 나올 거 같은데?"

연성을 만났을 때 지금처럼 웃을지 알 순 없었지만, 지금 같
은 모습만 나온다면 그림이 제대로 나올 것 같았다.

"동선 기억했다가 본촬영 할 때도 이렇게 진행하면 될 거 같
아요."
"오케이."

                    *   *   *

　한겸은 추가 스케줄을 알려주기 위해 강혜주와 마주했다. 강
혜주는 언제 웃었냐는 듯 처음 봤을 때처럼 무표정으로 돌아와
있었다.

　"촬영은 다음 주에 진행되고요. 음… 연성 씨랑 같이 촬영하
게 될 거예요."
　"그때 웃으라는 거잖아요."
　"아, 네. 알고 계셨어요?"
　"다 들리는데 모를 리가 있나요."

　무표정이던 강혜주가 갑자기 피식 웃었고, 한겸은 다시 또 놀
란 눈으로 강혜주를 봤다.

　"잘 웃으시네요."
　"원래 잘 웃어요."
　"네……?"
　"병원이라서 안 웃는 거죠. 김한겸 씨는 제 환자가 아니잖아
요."
　"그럼 일부러 표정 없이 다니시는 거예요?"
　"그럼요. 그럴 수밖에 없죠."
　"실례지만 이유를 들어볼 수 있을까요?"

강혜주는 씁쓸해하는 표정을 짓더니 입을 열었다.

"다리가 잘린 사람도 있고, 뼈가 으스러진 사람들이 있는데 웃고 있기 그렇잖아요."

"그래도 환자가 안심하려면 편하게 대해주시는 게 좋지 않나요?"

"그것도 그런데 여기는 정형외과니까요. 수술을 하더라도 힘이 필요한 곳이거든요. 그래서 정형외과에서 여자 의사는 보기 힘들죠. 사실 여자 의사들이 지원하지 않는 것도 있긴 하고요. 그래서 환자나 보호자나 여자 의사가 오면 불안해하는 모습을 많이 보여요. 같은 실력이더라도 못 미더워하더라고요. 아픈 와중에도 남자 여자를 구분해요. 그래서 이것저것 하다가 지금을 선택한 거죠. 카리스마 있는 모습을 보여줘서 날 믿게 만드는 게 더 잘 먹히더라고요."

"아… 그래서 퇴원할 때는 웃어주시는 거고요?"

"그런 거죠."

한겸은 강혜주를 보며 감탄했다. 그리고 왜 강혜주에게서 색이 보였는지 알 것 같았다. 의사는 의사일 뿐, 남자나 여자로 구분되는 것이 아니었다. 그리고 그들도 똑같은 사람이었다. 광고에서 하려고 하는 이야기와 비슷한 내용이었다.

*   *   *

며칠 뒤. 병원에서의 본촬영은 순식간에 끝나 버렸다. 잘 안 웃지 않을까 걱정했던 강혜주는 연성을 만나 누구보다 밝은 미소를 지어주었다. 간호사 역시 아무런 문제 없이 잘해주었다. 이제 광고 시간에 맞게 편집을 하는 일만 마무리하면 한 파트가 완성이었다. 때문에 한겸은 방 PD의 Do It 스튜디오에 자리하고 있었다.

"김 프로."
"애들 없는데 그냥 말 편히 하세요."
"우리 애들이 있잖아. 그런데 내가 저번에도 말했던 거로 기억하는데?"
"뭘요?"
"김 프로 여기 출입 금지라고! 올 때마다 애들 죽어나가잖아."

한겸은 피식 웃고는 마치 자신의 자리인 듯 편집 컴퓨터 앞에 자연스럽게 자리를 잡았다.

"그거보다 이거 동선 잘라보죠."
"어휴, 일 못 해 죽은 귀신이 붙었나. 좀 쉬엄쉬엄하자."
"빨리 하고 쉬는 게 낫죠."
"알았다. 그런데 이거 내가 미리 보니까 편집점 찾기가 어렵던데?"

한겸도 편집이 안 된 원본을 미리 확인하고 온 상태였다. 어디 하나. 버리기 아까운 영상이었다.

"전체가 다 괜찮죠?"

"어. 뒤에 그 의사 선생이 환하게 웃어서 그런가 앞에 차가운 모습이 더 많이 나와도 괜찮을 거 같아."

"너무 길어서 안 돼요."

"왜? 박재진 광고도 3분 넘어갔었잖아. 내가 보기에는 그렇게 해도 될 정도 잘 나왔던데."

"병원 신만 내보낼 거면 그래도 되는데 다른 신들이 어떻게 될 줄 몰라서요."

"10분짜리 만들면 되겠네."

"너무 길죠. 그리고 뒤에 얼마나 좋은 장면이 담길지가 몰라요. 파트 분배를 균등하게 하는 게 좋은데 잘못하면 병원 신만 엄청 길고 나머진 짧게 나올 수 있잖아요."

"아, 그럼 병원 광고 같겠구나."

"네. 광고 총 길이가 35초 내외가 될 거예요. 좀 더 줄이고 싶은데 줄이면 스토리가 안 담기더라고요."

"그럼 병원은 10초 정도 되겠네? 나머지를 버려야 되는 게 너무 아깝긴 하네. 그래도 마지막 장면이 너무 좋아서 괜찮을 거 같기도 해. 맞다, 너 때문에 오중이 드론 조종 실력이 날로 늘어!"

한겸은 가볍게 웃고는 화면을 봤다. 영상은 선진이 만든 구도대로 제대로 담겼다. 진료실에서 의사와 간호사가 웃으며 밖을 보고 있었고, 화면이 줌아웃 되면서 연성이 보이고 있었다. 그 모든 것이 광고가 아닌 듯 색이 보이는 상태였다. 만약 광고에서 다른 색이 보인다면 그건 편집 문제일 것이었다.

"그럼 시작해 볼까요!"

"어후, 죽어나겠네. 그런데 성 대표는 뭐래. 샤인하고 얘기한 다는 거 같은데 잘 풀리고 있나?"

"그럴 거예요."

"하긴, 그러니까 이렇게 제작하고 있는 거겠지? 혹시나 해서 아까 전화해 보니까 DooD에 간다고 하던데."

"그 얘기는 못 들었는데. 아! 저희 홍보 때문에 가셨나 보네. 저희가 홍보 맡았거든요."

"그런가? 하긴 성 대표니까 잘하겠지."

한겸은 빨리 확인을 해보고 싶다는 생각에 빠르게 고개를 끄덕이고는 방 PD에게 옆에 앉으라고 손짓했다.

*　　　　*　　　　*

며칠 뒤. 방 PD는 편집 컴퓨터에 자리 잡은 한겸을 보며 고개를 저었다.

"오중아, 재 언제 왔어."

"밤샌 거 같던데요."

"대단하다, 진짜."

"제가 보기에는 별로 차이도 없어 보이는데 김 프로님은 너무 예민해요."

"저러니까 좋은 광고 만드는 거야."

"그나저나 이번에 제작비는 어떻게 해요?"

"저렇게 미쳐서 만드는데 안 되겠냐?"

방 PD는 커피를 타 오더니 조용히 한겸에게 내밀었다. 하지만 한겸은 얼마나 집중하는지 옆에 커피를 놔둔 것도 모른 채 모니터만 보고 있었다. 방 PD도 어떻게 달라졌나 궁금한 마음에 모니터를 봤다. 그런데 어제 마지막으로 봤던 것과 큰 차이가 없어 보였다. 그럼에도 한겸은 계속해서 광고를 돌려보고 있었다. 방 PD는 궁금한 마음에 참지 못하고 입을 열었다.

"뭐 하는 건데?"

"어? 오셨어요?"

"참, 누가 보면 너 우리 회사 다니는 줄 알겠다. 그런데 뭐 하냐고. 마음에 안 드는 거라도 있어?"

"잘 나왔어요. 이거 진짜 잘 찍은 거 같아요. 병실 들어가는 모습은 한 번만 보이고 나머지는 환자 보는 모습들로 채운 게 상당히 좋네요."

"그런데 뭘 그렇게 열심히 봐. 감상한 거야?"

"그건 아니고요. 뒤에 다른 내용이 붙잖아요. 제가 임시로 붙여봤는데 그러면 그림이 이상하더라고요."

병원 신에서는 완벽하게 색이 보이고 있었다. 그런데 뒤에 나올 내용을 붙이자 갑자기 색이 회색으로 변해 버렸다. 그 이유를 찾느라 밤샘 작업을 하고 있었다.

"한번 보여줘 봐."

한겸은 영상을 재생시키고는 방 PD의 표정을 살폈다. 가만히 보던 방 PD는 고개를 갸웃거리며 말했다.

"난 잘 모르겠는데. 다음 장면이 버스 타고 이동하는 장면이잖아. 그리고 JD에 연결되고."

"맞아요. 이상한 부분 없어요?"

"이상한가? 안 이상할 거 같은데. 갑자기 버스 타는 장면으로 나와서 생뚱맞을 거 같아서 그래?"

"저도 잘 모르겠어요."

"뭐야, 광고 귀신이 모르는 것도 있어?"

한겸은 피식 웃고는 다시 화면을 봤다. 병원 신 자체에서 색이 안 보였다면 해결책이라도 찾을 텐데 원래 보이던 색이 보이지 않자 어떻게 해결해야 될지 막막했다.

"오늘은 그만하고 좀 쉬어라."

"조금만 더 고민해 보고요."

방 PD는 어이가 없다는 표정으로 한겸을 봤다.

"넌 안 가?"
"어딜요?"
"오늘 DooD에서 현실 영웅들 초대하는 이벤트 한다고 수정이는 아침 일찍부터 나가던데?"
"아, 그거요. 셋이 갔으니까 전 괜찮아요."
"미리 나온 기사들 보니까 장난 아니라던데? 게임업계는 물론이고 방송 산업에까지 영향을 미칠 거라고 그러더라."

오늘은 DooD의 가상공간 체험 이벤트가 시작되는 날이었다. 원래 계획했던 본행사는 내일이었고, 이번에 진행하는 건 현실 영웅들을 초대하는 이벤트였다. 현실 영웅들에 관한 홍보를 C AD에서 맡았기에 기획 팀도 초청을 받았다. DooD의 홍보를 맡은 건 신입들이었지만 전에 말했던 소방관 자녀에 관한 기획도 오늘 진행될 예정이었기에 어쩔 수 없이 범찬, 수정, 종훈이 DooD에 간 상태였다.

"넌 안 가고 싶어?"
"애들도 놀러 간 거 아니에요. 지금도 초대받은 분들하고 가족분들 소개하고 있을 거예요. 그리고 전 이거 해야죠."
"이거 아직 정해지지도 않았다며."
"그러니까 잘해야죠. 그리고 그 이벤트 또 열릴 거예요."

"그래?"

"DooD하고 JD에서 현실 영웅 소개 계속하잖아요. 어느 정도 모이면 또 이벤트할 거예요."

이미 DooD에서 기사를 쏟아내고 있었기에 사실 기획 팀이 행사까지 갈 필요는 없었다. 그렇다고 편집 작업 하는 데 모두가 있을 필요도 없었기에 한겸이 휴식차 DooD에 보낸 것이었다. 지금은 DooD의 이벤트 행사에 참여하는 것보다 병원에서 촬영한 걸 편집하는 게 우선이었다.

"그건 그렇다고 쳐. 너, 오늘 JD에 미팅 간다고 했잖아."

"그거 오후예요. 오전에 한 대표님 스케줄 있어서요."

"이야, JD대표랑 직접 연락해? 너 대단하다."

"직접은 아니고요. 그보다 광고부터 좀 얘기해요."

방 PD는 광고만 보고 있는 한겸을 보며 헛웃음을 뱉었다. 어딘가에 미쳐 있다는 표현이 너무나 잘 어울리는 모습이었다. 아마 별 도움이 될 것 같진 않지만 조금이라도 돕기 위해 모니터를 봤다. 두 사람 모두 말없이 몇 번이나 화면을 돌려보던 중 방 PD가 입을 열었다.

"그런데 전체는 장애가 있어도 뭐든지 가능하다는 내용이라며. 이게 무슨 상관이야?"

"그건 마지막에 공개될 거예요. 한국에서 유명한 게 의료 부분이잖아요. 그래서 여기 병원 부분을 넣은 거고요. 곧 전체 스토리보드 드릴 거예요… 아."

"JD는 무슨 내용인데. 스토리 주기 전에 말해봐."

한겸은 모니터를 보고 싶은 마음에 건성건성 대답했다. 그러자 얘기를 듣던 방 PD가 고개를 갸웃거렸다.

"완전 다른 내용이네."

"각 파트마다 다른 내용을 담고 있어요."

"그래? 그러니까 이건 수평적인 위치를 보여줘서 '사람은 같다'라는 걸 보여준다는 거지?"

"네, 맞아요."

"병원은 뭐 직업 상관없다는 게 부제인가?"

"아……."

방 PD와의 대화 중 한겸은 무엇 때문에 색이 보이지 않게 된 건지 깨달았다. JD나 DooD의 경우 수평적인 위치나 인종에 관한 부제가 들어가 있는 반면 병원 파트에는 그런 것이 없었다. 한겸은 곧바로 영상을 가장 마지막으로 돌렸다. 그러고는 그 모습을 한참이나 쳐다봤다.

"말하다 말고 뭐 해?"

"여기 카피를 넣어볼까 해서요. 부제를 확실히 알 수 있게요."

"카피 생각해 놓은 건 있고?"

그전까지는 카피를 넣지 않아도 색이 보였기에 딱히 넣을 생각이 없었다. 그런데 각 파트 간 구분도 하고, 부제를 확실히 하기 위해선 카피가 필요하다고 느껴졌다. 카피 내용은 강혜주와 미팅을 하며 느꼈던 것을 넣어볼 생각이었다.

"성별 상관없이."
"응? 그게 카피야?"
"네. 그게 메인 카피고, 그 밑에 간단한 얘기를 적으면 어떨까해요. 일단 한번 넣어볼게요."

한겸은 곧바로 작업을 하기 시작했고, Do It의 직원들도 한겸의 지시에 따라 같은 작업을 했다. 잠시 뒤, 한겸이 의자를 뒤로 빼더니 박수를 쳤다.

"됐네! 이거네!"
"성별 상관없이. 이 밑에는 환자가 될 수도, 의사가 될 수도 있으며. 하긴, 누구나 아플 수 있고 누구나 의사가 될 수도 있지. 아! 공부를 잘해야 된다는 걸 넣는 게 어때!"
"그럼 이상하잖아요. 아무튼 이렇게 하면 될 거 같아요! 아자!"

한겸은 꽉 쥔 주먹까지 흔들어가며 환호했다. 저렇게까지 좋아하는 모습을 처음 본 Do It 직원들도 이유는 모르지만 일단 기분 좋은 표정을 지었다.

"성별 상관없이. 사회적 위치 상관없이 아니면 직위 상관없이, 그리고 피부색 상관없이로 얘기를 끌고 나가고 그 중심에 있던 연성 씨가 마지막으로 장애 상관없이."

"오, 빌드 업 하는 거네."

"어때요. 엄청 좋죠?"

"야, 너 이렇게까지 좋아하는 건 처음 본다."

"하하하! 뒤에 촬영들만 제대로 되면 완벽한 광고가 될 거 같아요."

"와… 우리 부담 주는 거냐?"

한겸은 기분 좋은 미소를 지은 채 계속해서 광고를 봤다. 몇 번이나 봤는지 세지도 못할 때쯤 한겸의 휴대폰이 울렸다.

"네, 임 프로님."

—김 프로님! 큰일 났습니다.

"왜 그러세요? 오늘 양호중학교인가 가신다고 그러셨잖아요."

—네! 왔는데 지금 인원이 너무 모자랍니다. DooD에서 인원을 보냈는데 수가 너무 적어요. 두 시간 뒤에 더 보낸다는데 지금이 문제입니다.

"몇 명 보낸다고 얘기 안 됐어요?"

—당장은 네 명밖에 안 된답니다! 오늘 DooD 이벤트 때문에 인원이 그게 한계라네요.

"그럼 된 거 아니에요?"

―반이 8반이라서 각 반에 교육시킬 소방관님들을 8분 모셨습니다. 그리고 진행을 위해서 각 반에 저희도 배치되어야 되는데 그러고 나면 인원이 없습니다. 곧 JD에서도 후원하러 온다는데 맞이할 사람도 없습니다. 그래서 다른 프로님들한테 연락을 했는데 거기도 난리도 아니더라고요.

"일단 제가 갈게요. 양호중학교가 안양역 근처라고 그랬죠?"

―맞습니다.

"금방 갈게요."

비록 자신 혼자였지만 없는 것보다는 나을 거라는 생각에 급하게 자리에서 일어났다. 그러자 방 PD가 궁금한 표정으로 물었다.

"왜, 급한 일 생겼어?"

"아……."

한겸은 방 PD를 지그시 바라봤다. 그러고는 Do It 전체를 둘러보기 시작했다.

"뭐야, 이상한 눈빛 하고 왜 그렇게 둘러봐."

"별로 안 바쁘네요."

"그렇긴 하지. 너희 일 우선으로 하면서 Y튜브 편집 접었으니까."

"잘됐네요."

"뭐가 잘돼?"

"오늘 좋은 일 하러 가실래요?"

한겸은 방금 전에 들은 내용을 그대로 설명했고, 방 PD는 어이가 없는지 헛웃음만 뱉었다.

"가실 거죠? 그럼 다섯 명, 아니, 나까지 여섯이구나. 여섯 명 간다고 연락할게요."

"너, 진짜 뻔뻔해졌구나."

한겸은 피식 웃고는 곧바로 통화 버튼을 눌렀다.

*   *   *

양호중학교에 도착하자 전해 들은 것과 전혀 다른 광경이 펼쳐져 있었다.

"뭐야, 사람 없다고 안 그랬어?"

"그러게요."

엄청나게 큰 트럭이 보였고, 사람들이 트럭에서 짐을 내리고 있었다. 아마 학생들에게 줄 선물로 보였다. 선물을 옮기는 사람들 중에는 C AD 사무실 식구들도 끼어 있었다. 그 인파들 속에 사람들에게 지시를 내리고 있는 임 프로가 보였다. 한겸은 천천히 임 프로에게 향했다.

"아! 김 프로님! 제가 연락드렸어야 했는데!"

"사람 엄청 많네요."

"네, 제가 여기저기 연락하다 보니 연락을 못 드렸습니다. 죄송해요."

"아니에요. 그래도 도와줄 사람들 많아서 다행이네요."

"제가 DooD에 항의했더니 홍보 팀장이 사과하면서 외부 인원을 보냈더라고요. 그리고 저희 대표님도 오셨고요."

"대표님도요?"

"네, 그래서 좀 여유가 있습니다."

"이 차는 뭐예요?"

"아! JD에서 보낸 겁니다. JD에서도 사람들을 이렇게 많이 보낼 줄 몰랐거든요."

Do It 식구들을 데리고 여기까지 온 것이 미안했지만, 그래도 없는 것보다는 나았다. 그때, 익숙한 목소리가 들려왔다.

"김 프로님! 오후에나 뵐 줄 알았는데 이렇게 뵙는군요!"

＊　　　　　＊　　　　　＊

한겸은 진행 인원들을 도와 짐을 옮기기 시작했다. 학생들이 수업을 하는 와중이었기에 최대한 방해가 되지 않게 움직이는 중이었다. 한겸을 따라온 방 PD도 교실 앞에 짐을 내려놓았다.

"1학년들한테만 교육하는 게 아니야?"
"맞아요."
"그런데 왜 3학년까지 간식을 챙겨?"
"같은 학교라서 그런 거 같은데요?"
"어후, 계단 왔다 갔다 하느라고 엄청 힘드네."
"이제 다 했어요. 수업도 10분 남았네요."
"쉬는 시간 끝나고 곧바로 소방 교육 한다고 그러더라고요."
"강당 있었으면 한번에 모아놓고 하면 되는데 강당이 없냐. 애들도 몇 명 없더만. 나 때는 한 반에 60명이었어."

한겸은 피식 웃으며 조용히 걸음을 옮겼다. 운동장으로 내려와 보니 이제는 거의 모든 짐들을 옮긴 상태였다.

"이야, 저 사람도 진짜 대단하다."

방 PD가 고갯짓을 하는 방향에는 트럭에서 내리는 JD 손해보험의 대표 한상운이 있었다.

"딱 어울리죠?"
"뭐가 어울려? 한 기업의 대표가 누가 보는 것도 아닌데 저렇게 하는 게 어울려?"

"그러니까 어울린다는 거죠. '직위 상관없이' 하고 딱 어울리잖아요."

"그렇긴 하네. 난 아까 너한테 인사할 때 가만 보니까 낯이 익어서 제작 팀 중 한 명인 줄 알았다니까. 그래서 여기도 촬영하는 줄 알고 살짝 섭섭했잖아."

"하하하. 촬영은 하긴 하는데 홍보용이에요."

"알지. 그냥 그랬다고. 그런데 아무리 봐도 낯이 익어서 쳐다보는데 오중이가 알려주더라. 플렉스 한이라고. 진짜 플렉스 한이더라."

JD 손해보험의 영상마다 '한상운의 Flex'라고 외치며 후원을 하는 장면 때문에 얻은 애칭이었다. 한겸은 피식 웃고는 걸음을 옮겼다.

"한 대표님, 고생하셨어요."

"고생은요. 서로 좋자고 하는 일인데요. 김 프로님도 같이 가실 거죠?"

"그래야죠."

"잘됐네요. 여기서 이렇게 만났는데 오후에 따로 미팅할 필요 없이 끝나고 식사라도 하면서 얘기하죠. 아차! 준비하실 게 있으시겠구나."

"아니에요. 저도 그 편이 좋을 거 같아요."

"그럼 가실까요?"

한겸은 웃으며 고개를 끄덕거렸다. 확실히 모델로 잘 어울리는 사람이었다.

*   *   *

한겸은 교육에 방해가 되지 않도록 교실 한편에 자리를 잡았다. 확실히 자신이 다닐 때보다 학생 수가 적어서인지 뒤에 자리를 차지하고 있음에도 공간에 여유가 있었다. 한상운은 촬영을 위해 온 사람들과 있었고, 한겸은 방 PD와 반대편에 자리했다. 주변을 살피던 방 PD는 한겸의 귀에 속삭였다.

"치밀하네? 네가 기획한 거야?"
"뭐가요?"
"저 촬영 팀, 교육하는 것처럼 찍으려고 이 반 저 반 돌아다니잖아."
"학생이 모르게 진행하려고 그러는 거예요."
"그런데 누구야?"
"저도 사진으로만 봐서 헷갈리네요. 아까 보니까 저 친구 같더라고요."

이번 기획의 주인공은 교실 중간에 앉은 크지도 않고 작지도 않은 학생이었다.

"잘됐으면 좋겠네."

"잘될 거예요."

"그런데 소방관은 진짜 소방관들이야?"

"네, 진짜죠. 저분하고 옆 반 교육하시는 분은 서울에서 특별히 모신 분들이고 나머지 반들에서 교육하시는 분들은 경기도 소방 재난본부 홍보부에서 지원해 주신 분들이고요."

"제대로네. 그런데 임 프로는 자는 거 아니지? 뭘 저렇게 진짜 환자처럼 누워 있어."

소방관은 심폐소생술에 관해서 교육을 하고 있었다. 학생들이 실습을 해볼 수 있도록 교육용 마네킹도 준비되어 있는 상태였음에도 소방관은 임 프로를 대상으로 교육을 했다.

"갑자기 이렇게 사람이 쓰러졌습니다. 그럼 어떻게 해야 할까요?"

"119에 신고해요."

"정답! 그런데 주변에 사람이 있으면 내가 신고하는 것보다 다른 사람에게 신고해 달라고 부탁을 하는 게 더 좋아요. 부탁을 할 때는 서로 미루지 못하도록 대상을 콕 집어서 부탁을 해야 되고요. 그런데 이렇게 하려면 내가 심폐소생술을 알고 있어야겠죠?"

학생들을 위한 진짜 교육도 진행했다. 학생들이 받아들이기 쉽게 농담도 섞다 보니 학생들도 즐겁게 받아들이고 있었다. 그 사이, 한겸은 이용식 소방관의 아들을 살폈다. 얼굴을 볼 순 없었지만, 꼿꼿이 허리를 편 자세만 보더라도 굉장히 집중해서 보고 있는 것처럼 보였다. 아마 아버지가 소방관이었다는 걸 알고 있는 것 같았다.

잠시 뒤, 학생들의 실습까지 끝이 나자 교육을 하던 소방관이 분위기를 약간 무겁게 만들었다.

"지금부터 영상을 보여 드릴 겁니다. 소방관은 여러 가지 이유로 출동을 하죠. 그런데 오늘 보여 드릴 건 실제 화재가 났던 상황들입니다. 여러분들에게 영상을 보여주는 이유는 무서워하라고 겁을 주려는 게 아니라 어떻게 대피해야 하는지, 어떻게 대응해야 하는지 알려주려고 보여주는 겁니다. 그리고 소방관들이 어떤 마음을 갖고 일을 하는지 조금이라도 알려주기 위해 보여 드리는 겁니다. 참! 화재에 주의를 기울이라는 의미도 있고요. 일단 영상 보면서 설명을 하죠."

환자 역할을 하던 임 프로가 이제는 영상을 준비했다. 임 프로는 소방관의 사인에 맞춰 정확히 영상을 재생했고, 교실에 비치된 TV에는 영상이 나오기 시작했다.

"지금 보듯이 먼저 화재가 발생하면 상황실을 통해 각 대에 알립니다. 지금 같은 경우는 신월대라고 들리죠? 제가 속했던 팀이죠. 상황실에서 적절하게 배치를 하면 그에 맞게 출동을 하는 거죠. 그리고 이동을 하면서도 계속해서 상황실에 위치 보고나 상황을 보고받기도 합니다."

학생들은 어느새 긴박해 보이는 상황에 빠져들어 있었다.

"가장 좋은 건 불이 나지 않는 것이지만 불이 났으면 초반에 불길을 잡는 게 최고죠. 그래야 안전하기도 하고 재산 피해도 줄일 수 있고요. 어! 저기 제가 나오네요. 이때는 제가 들어온 후 첫 출동인데도 베테랑처럼 굉장히 여유 있는 모습이네요. 이때 저는 화재 진압 팀이 아니라 구조 팀이라서 그런 것도 있습니다. 다행히 불난 곳에 사람은 없었거든요."

그때, 화면에는 나오지 않지만 누군가가 혼을 내는 목소리가 들렸다.

—김자용, 이 새끼야! 불구경하냐? 안에 사람 있는지 확실히 정보 얻으라고!
—없다고 들었습니다.
—있으면! 이 새끼, 웃긴 새끼네! 너, 어디서 교육받았어. 예상 진입로 찾아두고 해야 될 거 아니야. 너, 가서 봐. 뭐 이딴 새끼가 구조 팀 한다고 왔어! 뭐 해! 안 따라오고!

설명을 하던 소방관은 한 번 헛기침을 하고는 이어서 이야기했다.

"신입 때라 좀 버벅거리는데 엄청 욕하죠? 내 결정으로 인해서 사람의 생명이 좌우되는 일이다 보니까 사실 좀 민감한 부분도 있습니다. 그래도 이렇게까지 욕하는 사람은 드물어요. 지금 저한테 욕하는 사람이 워낙 투철한 소방관이라서 그렇지, 보통 이렇진 않습니다. 아이고, 왜 하필이면 욕먹는 게 들어가 있는 거야."

긴장한 채 지켜보던 학생들은 소방관은 멋쩍은 모습에 웃음을 터뜨렸다. 한겸도 피식 웃고는 화면을 봤다. 아마 욕을 하던 사람은 이용식 소방관이었을 것이다.

"이게 또 화재 진압이 완료된다고 끝나는 게 아닙니다. 아까 봤듯이 서로 돌아가서 잘못된 부분 지적도 하고, 일지도 작성하고, 할 일이 많죠. 아! 지금 나오는 곳은… 잊을 수가 없는 곳이죠. 지금 사건은 급박한 상황이라 현장 영상이 없습니다. 이건 뉴스에 나온 부분입니다."

화면에는 다가구가 사는 빌라에 불길이 창을 뚫고 나오는 모습이 보이고 있었다. 소방관은 아까보다 차분한 목소리로 말을 이었다.

"난방 기구로 인해서 새벽에 불이 난 상황입니다. 당시 새벽 4시였고, 우리 소방서 말고도 다른 센터에서 지원이 올 정도로 긴급했던 상황입니다. 6년 전이고요. 화재가 난 곳에는 부모들과 당시 14살 남자아이와 11살 여자아이가 있었습니다. 다행히 전부 구조

되었고요. 지금 화면에 나오죠?"

어떻게 탈출했을지 궁금할 정도로, 창밖에서도 불길이 심하게 이는 게 보였다.

"지금 영상에 짤막하게 나오지만 한 명씩 에어 매트로 떨어지는 게 보일 겁니다. 그리고 제가 떨어지고 마지막으로 여기 이분. 아까 저한테 욕하셨던 분입니다. 저의 영웅이자 제가 소방관을 계속할 수 있게 만든 분이시죠."
"와… 개쩐다……."
"불을 몸으로 막고 있는 거야?"
"몸에 연기 나는 거 봐."

화면에는 한 소방관이 자신의 몸으로 불을 막은 채 한 명씩 탈출시키고 있었다. 아무리 열이 차단되는 방화복을 입고 있더라도 대단해 보였다. 마지막 인원까지 탈출시킨 소방관이 그 뒤에 탈출하려는 모습이 나오면서 영상이 끝났다.

"정말 대단하신 분입니다. 이때 골목이 좁아서 소방차가 겨우 들어올 수 있을 정도였는데, 골목에 주차되어 있는 차들 때문에 소방차가 진입할 수가 없었죠. 그런 데다가 화재 진압 팀에서는 불길이 올라와 진입로 확보하려면 시간이 필요하다는 전달을 받았어요. 자칫하면 안에 있는 일가족이 전부 죽게 될 수도 있었던 상황이죠. 상황실에서도 위험하다고 진압 팀과 함께 진입하라고 지시가 내려왔어요. 그런데 이분이 마지막으로 한마디 하셨는데, 그 말이 너무 기억에 남아서 잊을 수가 없더라고요."

소방관은 그때가 생생하게 떠오르는지 입술을 한 번 꼭 깨물고는 말을 뱉었다.

'자용아, 넌 안 들렸니? 우리한테 살려달라잖아. 우리 뭐 하는 사람이야. 살려달라는 사람 도와주는 일이잖냐.'

소방관은 숨을 크게 들이마신 뒤 입을 열었다.

"사실 그런 말이 들릴 상황이 아니었거든요. 아마 마음으로 들었다는 말 같더라고요. 그리고 또 들어갈 수밖에 없는 말을 했어요."

'목소리가 꼭 우리 재석이 같은데 저렇게 피 토하면서 사람 살려달래. 그런데 어떻게 모른 척하냐. 만약에 구출 못 해서 사망 사고라도 나면 앞으로 나 소방관 못 할 거 같거든.'

"그 말을 끝으로 저하고 함께 진입했습니다. 다른 팀원들은 밑에서 구조할 준비하라 하고 곧바로 진입했죠. 들어가 보니 겁이 날 정도로 불길이 넘실거렸고, 이미 연기로 가득 차서 랜턴으로도 시야 확보가 어려운 상태였어요. 그나마 방 안에 일가족이 모여 있던 걸 알고 있어서 시간이 오래 걸리진 않았죠. 다행히 젖은 수건으로 입을 막고 있더라고요."

"멋있어요!"

"그때, 마지막 방어선이라고 할 만한 방문이 우리가 진입해서인지 터지듯이 쪼개지더라고요. 그런데 아직 매트는 준비도 안 됐는데 4층에서 그냥 뛰어내릴 순 없잖아요. 그래서 팀장님이 몸으로 불길을 막으셨어요. 그러고 나서 한 명씩 탈출한 거고. 마지막으로 팀장님이 탈출하신 거죠."

학생들 몇 명이 박수를 보내려 할 때, 소방관이 저지하고는 말을 이었다.

"그런데 탈출할 때 방 천장이 무너지면서 충격을 받으셨습니다. 그래도 끝까지 뛰어내리셨는데, 마지막에 터진 폭발로 인해서 매트 밖으로 떨어지셨죠. 이미 화상도 심한 상태인 데다가 소방 장비를 착용한 채 4층에서 떨어져서 결국 순직하셨습니다."

"아……."

"살신성인. 저의 동료이자 선배였고, 소방관의 마음가짐을 가르쳐 주신 선생님 같던 분이셨죠. 휴, 제가 이런 안타까운 사고를 말씀드리는 이유는 소방관들의 마음을 알려 드리려고 그런 겁니다. 여러분들을 위해서라면 언제든지 뛰어들 수 있는 사람들이 소방관들입니다."

학생들은 조그맣게 박수를 치기 시작했고, 한겸은 이용식 소방관의 아들인 재석을 봤다. 이미 아버지에 관한 얘기라는 걸 알고 있는지 등이 들썩거리고 있었다. 그때, 한 친구가 재석의 얼굴을 쳐다보며 장난스럽게 말했다.

"울어? 감동받음? 재석이 운다!"

장난스러운 한 친구의 말이 끝나기 무섭게 재석은 소리 내서 울기 시작했다. 그러자 같은 반 친구들이 전부 재석을 봤고, 설명을 하던 소방관도 재석을 향해 천천히 걸음을 옮겼다. 그러고는 울고 있는 재석의 머리를 쓰다듬으며 입을 열었다.

"재석아."

재석은 눈물을 훔치며 소방관을 봤다.

"오랜만이라서 삼촌 기억 못 하나 보네? 이야, 진짜 많이 컸다. 팀장님이 보시면 뿌듯해하시겠네."

같은 반 친구들은 그제야 영상에서 본 소방관이 재석의 아버지라는 걸 알아차렸는지 갑자기 분위기가 가라앉았다. 그것도 잠시, 장난을 치던 친구가 재석에게 말없이 어깨동무를 하자 다른 친구들도 말을 꺼내기 시작했다.

"너네 아빠 쌉쩐다. 완전 어벤저스 각인데?"

"이재석, 아빠 닮아서 맨날 나한테 욕했네! 그래도 인정. 앞으로 욕해도 됨."

친구들의 장난스러운 말에도 재석은 한참이나 통곡하듯 울었다. 잠시 뒤 친구들의 위로 덕분인지 재석이 눈물을 훔치고는 웃었다. 그 모습을 보던 한겸도 미소를 지었고, 방 PD는 감정이입을 심하게 했는지 인상을 찡그리며 말했다.

"어우, 짠하네. 너희들 진짜 대단하네. 이래서 내가 너희들하고 일하는 거지."

*　　　　*　　　　*

그 후, 학생들에게 간식을 나눠 준 뒤 방 PD는 Do It으로 돌아갔고, C AD 직원들은 회사로, 기획 팀원들은 전부 DooD의 행사장으로 가버렸다. 그렇게 다들 떠나고 한겸만 남아 한 대표와 식당으로 자리를 옮겼다. 갑작스러운 만남으로 인해 어떤 장소에서 대화를 하는 게 좋을지 고민할 때, 한 대표가 식당 한 곳을 제안했기 때문이었다. 가게를 본 한겸은 웃음이 나왔다.

"여기 마음에 안 드세요? 여긴 아니지만 저희 JD 근처에 있는 곳 가보니까 괜찮더라고요."
"아니요. 마음에 들어요. 저 여기 좋아해요."
"그렇죠? 프랜차이즈인데 뷔페 같기도 하고 건강한 느낌도 들고. 저도 이런 곳이 있다는 걸 얼마 전에 알았습니다. 성 대표님이 소개해 주시더라고요. JD 사내 식당도 괜찮은데 여기도 참 좋은 거 같습니다."

"저희 대표님이요?"

"네, 지금 김 프로님이 촬영하시는 광고에 대한 얘기하느라 만났습니다."

보이지 않는 곳에서 열심히 움직이고 있는 우범을 떠올리며 한겸은 미소를 지었다.

"원래는 이렇지 않았어요. 가게 안에서 식사는 못 했는데 바뀐 지 얼마 안 됐을 거예요."

"알죠. 여기 홍보를 C AD에서 했다고 들었습니다."

"맞아요. 저기 보이시죠?"

한 대표와 식사를 하러 온 곳은 다름 아닌 항아리 체인점이었다. 예전에는 반찬만 파는 곳이었는데 이제는 가게에서 산 반찬으로 식사까지 가능하게 변해 있었다.

"저도 저 포스터가 마음에 들더라고요. 자연 친화적인 느낌 때문인지 건강한 느낌이 들더라고요. 역시 대단하시네요."

한겸은 가볍게 웃고는 한 대표를 봤다. 수행하는 직원들도 없이 혼자였다. 다른 직원이 동행하려 했지만, 일과 외 업무라며 억지로 돌려보내 버렸다. 보통 기업의 대표들이라면 볼 수 있는 수행 비서나 운전기사도 없이 혼자였다.

"전 대표님이 더 대단하신 거 같은데요."

"제가요?"

"보통 대표라고 하면 떠오르는 이미지가 있잖아요."

"아! 저 혼자 다닌다고 그러시는 건가요? 그거, 고정관념입니다. 업무도 끝났는데 얼마나 싫겠어요. 그것도 편하지도 않은 사람하고 같이 있어야 되는데."

"편하게 해주시잖아요."

"그건 제가 하려고 하는 거지 받아들이는 사람은 편하지가 않죠. 아! 편해하는 사람 한 명 있네."

"홍보 팀장님이요?"

"그분 말고 한 분 있어요."

한겸은 궁금하단 표정으로 한 대표를 봤다. 오늘 미팅을 하려 했던 이유가 한 대표의 스케줄 확인과 스토리 확인도 있었지만, 남은 칸을 채울 모델을 정해야 하기 때문이기도 했다. 수많은 직원을 살폈지만, 어울리는 사람이 한 명도 없었다. 스토리를 모델에 맞게 구성할 생각이었기에 모델을 찾아야지 다음 작업을 진행할 수 있었다.

"궁금한데요."

"저희 직원들 전부 촬영해 가시지 않으셨어요?"

"외근 나가신 분들도 있어서 전부는 못 했고요."

"그렇군요. 그런데 외근 업무 하시는 분이 아니라 확인하셨겠는데요? 보안 경비실 직원인데."

한겸은 순간 망치로 머리를 맞은 듯했다. 모델을 찾기 위해 그렇게 많이 JD 손해보험을 오갔는데 경비원을 촬영할 생각은 한 번도 못 했다.

"아……."

"확인 안 하셨군요?"

"네, 거기까지 생각을 못 했어요."

"보안 경비실 직원도 우리 JD 직원입니다."

"네, 그렇죠."

한겸은 앞에 한 대표가 있음에도 제대로 된 미팅을 할 수가 없을 정도로 너무 궁금했다. 그러다 문득 한 사람이 떠올랐다. 몇 번 마주치긴 했지만, 별다른 인사는 없었던 사람이었다. 다만, 첫인상이 기억에 남아 있던 사람이었다.

"혹시 주차장 쪽에 계신 젊은 분이신가요?"

"어? 뭐지?"

한 대표는 어떻게 알았냐는 표정으로 한겸을 봤다. 한겸은 대답을 듣지 않아도 한 대표가 추천하려던 사람이 맞다는 걸 알

수 있었다.

"전에 어떤 아저씨가 타고 있던 장애인 전용 스쿠터하고 사고
났을 때 봤어요."

"아! 저번에 말씀하셨었죠. 창걸 씨도 그때 보셨구나."

"네. 사고 난 아저씨 부축해 주시던 분 맞죠?"

"맞습니다. 저도 그때 좋게 봐서 얘기를 몇 마디 나눠봤는데
사람이 진국이에요. 제가 아무리 먼저 다가가도 다들 어려워
하는데 창걸 씨는 안 그러더라고요. 자기 일에 책임감도 있고
요. 방문하는 사람들한테 친절하게 대해서 그런지 칭찬도 많
고요. 보험 문제로 찾아오는 고객들한테도 설명도 잘하고 어디
로 가야 되는지도 알려주기도 하고 직접 연결해 주기도 하고
요."

"그렇군요."

"그러면 사무실 직원들이 또 싫어해야 되는데 사무실 직원들
하고도 친하고. 딱 보면 좋은 사람이라는 게 보여요."

일단 확인부터 해봐야겠지만, 한 대표의 말만으로도 마음에
들었다. 다만 사무실 직원이 아닌 경비실 직원이다 보니 어떻게
연결을 시켜야 할지 고민되었다.

"왜 그러시죠? 경비 부서라고 그래서 마음에 안 드시나요?"

"아니요! 그런 게 아니고 대표님과 경비분과 연성 씨가 만날
만한 장소가 어디 있을까 고민했어요."

"아하, 그렇군요."

"혹시 JD에 외부인도 같이 사용할 수 있는 공간이 있나요?"

"로비 있죠."

"로비 말고는 없어요?"

가만히 생각하던 한 대표가 갑자기 젓가락으로 식판을 가볍게 튕겼다.

"식당! 우리 사내 식당 가능합니다."

"외부인도 식사가 가능해요?"

"방문증 있는 고객들에 한해서지만 가능합니다. 사실 창걸 씨하고도 식사 자주 합니다. 식당에서 자주 마주치거든요."

"아하……."

한겸은 잠시 생각하더니 중얼거리기 시작했다.

"경비와 대표의 식사라. 결국 이렇게 되는구나."

"뭐가요?"

"아! 죄송해요. 생각을 좀 하느라고요."

"뭐가 궁금한데요?"

"구도 생각을 좀 했어요. 병원에서도 비슷한 구도가 나왔거든요. 연성 씨가 퇴원하는 모습을 의사와 간호사가 지켜보는 그림이거든요. 셋이 한 컷에 들어오긴 하지만 마주치지 않거든요."

"그렇군요."

"JD도 비슷하게 될 거 같아요. 대표님과 경비분이 식사를 하고 그 옆 테이블에서 연성 씨가 식사하는 모습이 마지막 장면이 될 거 같아요."

"왜요?"

"아무래도 직원이면 같이 식사할 수 있지만, 고객하고 식사하는 건 좀 이상할 거 같은데요?"

"그렇긴 하죠."

"그러니까 연성 씨가 제3자의 눈이 되는 거예요. 그러면서 직위에 상관없는 모습을 보여주는 거죠. 사람들 다 밥 먹고 사니까 보여주기에 적당한 거 같아요."

"아하! 그렇네요. 제가 아이디어 드린 겁니까?"

한겸은 웃으며 고개를 끄덕거리고는 남은 음식을 입에 욱여넣을 정도로 서둘렀다.

"천천히 드세요. 어차피 JD 가실 거 아닌가요?"

"네, 맞아요."

"저도 아직 퇴근 시간 아니라서 회사 들어갈 건데 같이 가시죠."

예전에 JD 홍보 팀장에게 들었던 말이 떠올랐다. 일 때문에 밖에 나갔다가도 퇴근 시간이 아니라면 꼭 회사에 들른다는 말이었다. 아마 자신이 JD의 직원이라면 부담스러울 것 같다는 생각과 함께 JD 직원들이 왜 한 대표를 어려워하는지 어렴풋이 알

것 같았다.

*   *   *

C AD 기획 팀 모두가 DooD의 행사장에 나가 있는 상태였다. 텅텅 빈 사무실에 오로지 한겸만이 자리했다. 그럼에도 한겸은 신이 난 표정으로 모니터를 봤다.

"오, 좋아. 이 사람이네!"

한겸이 보고 있는 포스터에는 한 대표와 경비원이 식사를 하는 모습이 들어 있었다. 이미 식사를 했지만 마지막 장면에 어울리는 모습을 찾기 위해 JD의 식당에서 또 식사를 했다. 점심시간이 끝났기에 주변 식당에서 간단한 음식을 사 와서 식사하는 모습인데도 색이 보였다. 아직은 노란색이었지만, 연성이 들어가고 조금씩만 바꾼다면 온전한 색이 보일 것 같았다. 게다가 '직위 상관없이'라는 카피 또한 노란색으로 보이고 있었다.

"성별, 직위, 인종에 상관없이. 그리고 장애에 상관없이. 괜찮네."

한겸은 곧바로 한 대표에게 받은 스케줄을 확인했다. 그러고는 방 PD의 스케줄까지 확인한 뒤 JD의 홍보 팀장에게 전화를 걸었다. 한 대표를 모델로 하고 JD의 식당을 사용하기 위해서는 홍보 팀장에게 알릴 필요가 있었다.

혼자서 이리저리 바삐 연락을 취하다 보니 어느덧 DooD의 이벤트가 끝날 시간이었다. JD의 문제도 해결되었으니 이제 남은 건 DooD뿐이었다. 한겸은 곧바로 전화를 들어 범찬에게 연락을 했다.

—어, 김한겸.

"수정이야?"

—어. 미팅 잘했어?

"잘했지. 그런데 아직 행사 안 끝났어?"

—조금 전에 끝났어.

"잘했어?"

—어, 준비 많이 했더라. 작은 상패도 준비해서 나눠 주더라고. 윈드 캐릭터로 만든 상패이긴 한데 다들 좋아하더라. 기자들도 많이 왔고.

DooD의 진혁이라면 굳이 보지 않아도 많은 준비를 했을 것이었다.

"그런데 범찬이는 어디 갔어?"

—지금 다른 프로님들한테 설명해 주고 있어.

"뭘?"

—행사 끝나서 마무리하는데 임진혁 팀장이 우리 팀 가상현

실 체험하게 해준다고 그랬거든. 아주 지는 해봤다고 신나서 설명질 하고 있어.

"그래서 다 체험해 보고 있는 거야?"

—웅, 어차피 내일도 이곳에서 행사라고, 해봐도 된다고 그러더라. 진짜 해보니까 네가 왜 그렇게 가상현실을 배경으로 쓰려는지 알 거 같더라. 그런데 넌 어딘데.

"나 회사지."

—기다려. 최범찬 끌고 금방 갈 테니까.

"아니야! 아니야! 바로 퇴근해. 나도 퇴근하려고 그랬어."

한겸은 피식 웃으며 전화를 끊었다. 아직 퇴근할 생각이 없었다. 다른 때 같았으면 오라고 했을 텐데 한 대표와 같은 일을 하는 것 같아 꺼려졌던 탓이었다. 한겸은 웃으며 인터넷을 검색하기 시작했다. 어렵게 찾을 필요도 없었다. 기사들이 쏟아지고 있는 상태였다.

「DooD의 월드오브원드. 현실과 게임의 경계를 무너뜨리다」

「It 강국 한국… 세계가 주목」

「DooD 게임업계 우뚝. 선행도 우뚝」

별의별 기사들이 다 쏟아지고 있는 상태였고, 사람들의 반응도 엄청났다. 특히 게이머들 사이에서는 예전 DooD의 광고 때처럼 속는 것이 아닐까라는 얘기들이 나왔지만, DooD는 한 번데여서인지 곧바로 가상공간에 관해 세세하게 알려주었다.

[현재 서비스 중인 월드 오브 윈드의 배경으로 개발될 가상현실 게임의 일부분입니다.]

아직 개발 단계라서 상용화는 정해지지 않았다고 알림과 동시에 이용 화면을 공개했다. 여러 장치를 부착하고 사용자가 움직이는 모습과 함께 게임 화면이 공개되었다. 게임 커뮤니티를 이용하는 사람들 사이에서는 벌써부터 난리가 났다.

일부는 장비의 가격에 대한 부분을 궁금해하기도 했고, 장비를 착용해야 하는 것에 대한 불평을 내놓기도 했지만, 서비스가 미정이라고 밝혔음에도 언제 서비스되는지 물어보는 질문이 대다수였다. 그와 동시에 DooD에서는 가상현실 게임의 서비스는 미정이되 현재 진행 중인 월드 오브 윈드와 최대한 비슷한 스토리로 진행이 될 거라고 알렸다. 그 때문에 게임 커뮤니티에는 그 어느 때보다 윈드에 관한 글이 많았다.

"진짜 일 잘한다."

한겸은 진혁을 떠올리며 피식 웃었다. 잘못된 안내 문구를 선택하는 실수를 범했지만, 그 외적으로는 제대로 된 홍보를 하는 사람이었다.

그리고 게임에 관해서만 기사가 나온 것은 아니었다. 그동안 DooD에서 진행한 후원에 대해서도 재조명되고 있었다. JD와 협업을 했기에 상당히 많은 사람들이 알고 있던 내용이었다. 그럼에도 기사에는 서로 뒤처지는 게 걱정이라도 되는 듯 처음 선행부터 최근 선행까지 정리까지 해서 사람들에게 알렸다. 그러다 보니 당연히 오늘의 일도 소개가 된 상태였다.

「한 가족을 구하고 하늘의 별이 된 소방관」

기사들은 이용식 소방관에 대한 소개들로 시작해 나라에서 해야 될 일을 JD와 DooD에서 대신한다는 말로 칭찬했다. 한겸이 만족한 표정으로 기사를 볼 때, 1층 사무실에 있던 우범이 올라왔다.

"퇴근 안 하세요?"

"가야지. 가기 전에 오늘 일 잘했다고 칭찬하러 왔다."

"저 아니고 프로님들이 기획하신 건데요."

"처음 기획은 네가 짠 거니까 칭찬받아야지. 오늘 봤던 그 친구도 너무 고마워하더군."

"연락 왔어요?"

"나한테 연락 올 일이 없지. 조금 전에 JD와 DooD SNS에 감사 인사 글을 남겼더군."

"아, 그래요?"

"다들 JD하고 DooD에 관심 있는 거 알지? 저 편지 내용도 곧 기사 나올 거다."

한겸은 궁금한 마음에 서둘러 JD의 SNS에 들어갔다. 그러자 엄청난 좋아요를 받은 게시글이 보였다. 친구들과 함께 찍은 사진을 싣고, 오늘 있었던 일을 장황하게 소개한 글이었다. 그리고 마지막에 감사 인사가 적혀 있었다.

「아빠 얼굴이 자꾸 잊혀서 너무 두려웠는데 지금은 아빠 얼굴이 생생하게 떠올라요. 이제는 절대 잊지 않을 거 같아요. 너무 감사합니다.」

한겸은 재석이 울던 모습이 떠올라 찡한 마음에 코를 훔쳤다.

*   *   *

며칠 뒤. 한겸은 JD의 식당에 자리해 만족해하는 표정으로 촬영 장면을 지켜봤다. 한 대표는 엄청 상기되어 있었다.

"이야, 플렉스 한 엄청 신났네."
"사람들이 칭찬하는데 좋겠지."
"우리한테 뭐 뽀찌라도 줘야 되는 거 아니냐? 이용식 소방관 선정 우리 프로님들이 했잖아."
"홍보비 받잖아."

JD 손해보험에서 Y튜브에 영상을 올렸다. 이용식 소방관의 자녀가 있는 양호중학교에 선물을 주는 장면이었고, 재석에게 아버지에 대한 얘기를 하는 장면이 담겨 있었다. 그리고 재석에게 받은 편지까지 공개하다 보니 사람들의 관심을 받게 되었다. 지금까지 공개했던 다른 영상들도 조회수가 높았지만, 이번에 공개한 영상이 최고의 조회수를 달성했다. 덕분에 한 대표의 얼굴이 제대로 알려지고 있었다.

"저 경비원도 플렉스 한이 소개했지? 진짜 사람 잘 본다."
"뭘 자꾸 플렉스 한이래. 들으시면 어쩌려고."
"넌 뭘 모르네. 한 대표 개인 Y튜브 계정이 플렉스 한이야. 아주 신나서 답글 달더만!"

한겸은 피식 웃고는 창걸을 봤다. 창걸에 대한 확인은 이미 며칠 전에 마친 상태였다. 확인할 때도 색이 보이는 것은 물론이고 밝은 표정으로 기분 좋은 느낌을 주었는데 촬영에 들어가자 훨씬 더 좋은 느낌이 들었다.

"겸쓰, 진짜 저 사람 경비 맞지? 우리 콘셉트하고 진짜 잘 어울려."
"응, 맞아. 사람이 서글서글하고 좋은 거 같아."
"그런데 왜 경비를 하고 있지?"
"넌 진짜 마인드 썩었네. 경비라고 무시하냐?"
"아, 좀! 지한테 마인드 썩었다고 한 번 했다고 계속하네. 쫌생이 새끼."

한겸도 내심 궁금하긴 했다. 나이도 젊고 인상도 좋은 데다가 성격까지 좋은 사람이었기에 다른 일을 해도 잘했을 것 같은 느낌이었다. 지금 현장만 봐도 창걸이 얼마나 사람들과 잘 지내고 있는지 알 수 있었다.

"저기 하늘색 와이셔츠 입으신 분, 좀 나와주세요."

JD 손해보험의 직원 중 일부가 업무 중 휴식을 취할 때마다 촬영 현장인 식당에 구경을 하러 왔다. 단역배우들을 섭외하지 않고 저 사람들을 단역으로 써도 될 정도로 많은 수였다. 다들 한 대표를 응원하러 왔다는 이유였지만, 인사는 전부 창걸과 나눴다. 한 대표가 잠깐 사라지기라도 하면 다들 창걸을 향해 말하기 바빴다.

"창걸 씨! 모델도 했는데 나중에 한턱 쏴! 어떻게, 미리 예약할까?"
"부장님이 창걸 씨 사진 찍어 오랬어요!"
"멋있다! 우윳빛깔 박창걸!"

창걸은 또 소리치는 사람들을 향해 손까지 흔들며 화답했다. 경비원이라고 하면 나이 많고 사무실 직원들과 거리가 있다는 고정관념이 있었는데 창걸 덕분에 그런 생각이 깨지는 느낌이었다. 게다가 지금 광고가 제대로 된 방향으로 나가고 있다는 용기마저 얻었다.

촬영이 순조롭게 진행 중일 때, 연성과 현장에 함께 온 연성의 어머니가 한겸에게 조용히 질문을 했다.

"우리 연성이만 왜 다른 테이블에서 먹는 거예요? 혼자 먹는 모습이 조금 안쓰러워 보일 거 같은데요."

"아, 연성 씨가 스토리를 끌고 나가는 역할이라서 한 발 떨어진 곳에서 보여주는 거예요. 완성되면 전혀 그렇게 보이지 않을 거예요."

"그런 거죠? 김 프로님 믿어도 되는 거죠?"

"네, 잘 만들게요. 너무 걱정하지 마세요."

한겸은 웃고는 다시 현장을 봤다. 이제 슬슬 마무리를 해도 될 것 같았다.

"방 PD님, 이제 전체 샷 확인 좀 해주세요."

"응, 그래."

촬영 팀이 잠시 준비를 하는 사이 한 대표와 같은 테이블에 있던 창걸이 옆 테이블의 연성에게 말을 걸었다.

"남 구하다가 사고 나셨다는 거 방송으로 봤습니다. 대단하세요."

"아! 아니에요."

"아니긴요. 진짜 대단하세요. 다리는 괜찮으세요?"

"아직은 좀 그렇죠."

"너무 걱정하지 마세요. 다 잘될 거예요."

멀찍이서 듣던 한겸은 미소를 지었다. 창걸의 환한 미소 때문인지 정말 다 잘될 것 같은 느낌이었다. 그때, 한 대표가 웃으며 말했다.

"창걸 씨가 말하면 그렇게 될 거 같단 말이야."

"당연하죠. 옆에 분 아직 젊잖아요."

"누가 보면 창걸 씨는 나이 많은 줄 알겠어."

"그러니까 하는 말이죠."

그때, 연성이 씁쓸한 표정으로 웃으며 말했다.

"젊으니까 하고 싶은 건 못 해도 할 수 있는 건 있겠죠."

"하고 싶었던 게 있었어요?"

"네, 큰 꿈은 아니고 경찰관 되고 싶었어요. 공부도 못해서 그냥 꿈이었어요."

"그렇군요. 원래 꿈은 다 바뀌는 거잖아요. 사실 저도 꿈이 국가대표였거든요."

한겸은 창걸이 어떤 사람인지 알 수 있을 것 같은 대화에 귀를 기울였다. 마침 대화를 나누던 한 대표가 궁금했는지 질문을 했다.

"창걸 씨, 국가대표가 꿈이었어? 무슨 종목?"

"어휴! 대단한 거 아니에요. 그냥 말 그대로 꿈!"

"뭐야. 무슨 종목인데."

"사실 고등학교까지 축구선수를 좀 하긴 했는데 상황이 좀 그랬어요."

"축구 잘했어?"

"그럼요! 저 지금도 잘해요!"

"그런데 왜 상황이 그랬어?"

"아버지가 많이 편찮으셨거든요. 간부전이셨어요. 간이식을 해야 되는데 기증자를 기다릴 수도 없는 상태였고, 가족 중에 제가 맞더라고요. 그래서 아버지께 간을 나눠 드렸죠."

"와, 창걸 씨 대단한 사람이었구나."

"대단하긴요. 가족인데 당연한 거죠."

한 대표는 놀랍다는 표정으로 말을 이었다.

"아무리 가족이라도 꿈을 포기해야 되는데 쉽지 않지."

"크크. 사실 축구를 그렇게까지 잘한 건 아니었어요. 덕분에 두 번째로 되고 싶었던 꿈을 이룰 수 있게 됐잖아요."

"두 번째 꿈이 경비원이야?"

"어? 대표님, 지금 무슨 촬영이신지 아시죠?"

"알지!"

"그런데 표정이 뭔가 무시하는 그런 느낌인데요?"

"내가? 아니야! 창걸 씨가 잘못 봤어! 직업에 귀천이 어디 있어."

"그런 거죠? 아무튼 경비원이 두 번째는 아니고, 꿈을 향해 나아가는 중이죠!"

"어? 우리 회사 그만둘 거야? 안 돼!"

"왜요! 저도 대표 한번 해보는 게 꿈인데요!"

창걸은 크게 웃더니 말을 이었다.

"경비 지도사를 따고 우리 JD에서 실제 업무도 좀 배우고 해서 경비업체를 창업해 보는 게 꿈이거든요. 제가 사람들하고 얘기하고 알려주고, 그런 걸 좋아하다 보니까 그런 직업을 관찰했고, 경비원 하면 잘할 거 같더라고요. 경비원 덕목 중에 가장 중요한 게 소통이라고 들었거든요. 해보니까 적성에도 맞고요. 그런데 경비원이 인식이 좀 안 좋잖아요. 막상 해보면 진짜 괜찮은 직업인데요."

"창걸 씨가 잘하긴 하지."

"그래서 저 같은 사람들이 있을 수 있으니까 '어떤 직업이다'라고 알려주고 싶기도 하고, 괜찮은 직업이라는 걸 소개하고 싶기도 하고, 그래서 경비업체를 차리고 싶었어요. 그런데 문제는 어려서부터 운동만 해서 그런지 영 공부가 안 된단 말이에요."

한 대표는 재미있다는 듯 웃었다. 다만 얘기를 듣던 연성은 많은 생각이 드는 모양이었다. 잠시 생각을 하던 연성이 피식 웃더니 입을 열었다.

"형 말 들어보니까 정말 할 일이 많네요."

"형이요? 제가요?"

"저 26살이거든요."

"나도 26인데. 제가 좀 삭았나요?"

"아… 아무튼… 덕분에 할 일이 많다는 걸 알았어요. 사실 다 나아도 정상 생활이 불가능할 수도 있다는 진단을 받았거든요. 그래서 무슨 일을 해서 먹고살아야 되나 걱정했거든요."

"넓게 보면 할 일이 엄청 많죠. 책임감 있게 자기 일만 잘하면 어떤 일이라도 인정을 받더라고요."

"그런 거 같아요."

"그리고 연성 씨라고 했죠. 연성 씨는 뭐, 못 할 게 없을 거 같은데요? 아까 보니까 그런 차도 타고 다니는데 못 할 게 없죠!"

"아……."

한겸은 연성을 봤다. 창걸 덕분에 마음이 조금 편안해졌는지 환한 미소를 짓고 있었다. 티를 내진 않았지만 미래에 대한 걱정이 많았던 모양이었다. 그때, 한겸의 근처에 있던 연성의 어머님이 하는 말이 들렸다.

"그래, 우리 연성이 웃어. 세상에 할 일이 얼마나 많은데 설마 네가 할 일이 하나도 없겠어?"

연성의 표정 때문인지 연성의 어머니도 약간 벅차하는 느낌이었다. 한겸은 뒤돌아보지 않고 고개를 끄덕거렸다.

*　　　　　*　　　　　*

며칠 내내 Do It 스튜디오로 출근하던 한겸이 C AD에 출근했다. 한겸은 기획 팀에 도착하자마자 팀원들을 불러 모았다.

"다들 모여봐."
"겸쓰, 그냥 보내라니까 왜 직접 들고 와!"
"같이 보는 게 좋잖아."
"그게 아니라! 좀 씻으라고. 넌 왜 이렇게 안 씻냐. 너 냄새나."

한겸은 옷 냄새를 한 번 맡아보고는 상관없다는 듯 모두를 불렀다. 그러고는 곧바로 스튜디오에서 작업한 것을 재생했고, 완성본을 보지 못한 팀원들은 궁금해하며 얼굴을 모았다. 그러던 중 종훈이 창겸을 보며 말했다.

"오, 이 사람 느낌 진짜 좋아. 이 사람하고 있으면 긍정적인 기운을 받는 느낌이랄까?"
"종훈 오빠랑 나랑 콘티 알려주면서 얘기해 봤는데 진짜 밝은 사람이더라. 그래서 화면에 그 기운이 잡혔으면 좋겠다고 생각했는데 잘 나왔다."

한겸도 그 부분이 가장 마음에 들었다. 광고를 모두 본 팀원들은 고개를 끄덕거리며 만족해했다. 그중 범찬이 한숨을 뱉으며 말했다.

"콘티가 너무 간단해서 좀 걱정했는데 지금 보니까 좋은데? 카피 때문인가?"

"괜찮지?"

"'직위 상관없이'도 좋은데 그 뒤에 게 더 좋아. '식사는 해야 하며' 이걸로 누구나 밥은 먹고 산다는 거 알려주면서 아직 뒤에 내용이 더 남았다는 거 알려주는 거잖아."

사람들이 직위를 알 수 있게끔 한 대표와 창걸 두 사람은 각자의 일을 하는 모습으로 시작되었다. 그리고 시간을 확인하고 식사를 하러 식당에 내려왔다. 먼저 한 대표가 도착해서 식사를 하는 중이었고, 창걸이 합석을 하는 스토리로 진행되었다.

고정관념 때문에 경비원과 대표가 같은 식탁에 있다는 것만으로도 긴장감을 주었다. 그리고 가운데 칸을 차지하고 있는 연성의 표정도 궁금함을 유발했다. 많은 사람들의 생각을 대변하듯 의아하다는 표정으로 멈춰 있었다.

그런 분위기도 잠시, 한 대표가 웃으며 창걸을 반겼고, 창걸도 본인 특유의 환한 미소로 대답했다. 그 순간 분위기가 싹 바뀌었고, 칸이 점점 사라졌다. 그리고 연성이 재미있다는 듯 눈

섭을 씰룩거리며 식사를 이어나갔고, 카피가 나타나며 신이 끝났다.

광고를 모두 본 팀원들은 모두가 만족해했다. 종훈은 박수까지 치며 좋아했다.

"칸 나눈 게 진짜 좋다. 진짜 그동안 했던 게 다 도움이 됐구나."

"뭐가요?"

"이번에 광고 말이야. 전부 우리가 했었던 거 다 사용하잖아. 현실 영웅이란 것도 분마 하면서 경험했던 거잖아. 그리고 칸 나눈 것도 세 칸뿐이지만, 대만 분트 때도 포토 모자이크로 했던 경험으로 한 거고. 그리고 내가 박순정 김치 때 의견 내놓은 거 있잖아. 마지막에 카피 넣는 거, 그것도 잘 들어간 거 같고. 그리고 DIO처럼 옴니버스로 진행하는 것도 그렇고. 전체적으로 우리가 했던 게 다 경험으로 녹아들어 있는 광고 같아."

종훈의 말을 들은 한겸은 가만히 생각했다. 그러고는 웃으며 고개를 끄덕거렸다. 그동안의 경험들이 광고에 녹아 있었다. 그동안의 시간이 헛된 시간이 아니었다. 하나하나가 모여 색이 보이는 광고를 만드는 데 도움이 되고 있었다.

"뭐야, 겸쓰 왜 갑자기 재수 없게 웃어."

"그냥 좋아서 웃지."

"좋기는. 지금이 좋아할 때냐?"

"잘 나왔으니까 좋아야지."

범찬은 어이가 없다는 표정으로 한겸을 봤다. 그러고는 고개를 절레절레 젓기까지 하더니 한겸에게 말했다.

"내일부터 DooD 북미 이벤트 하는 거 알지? 그런데도 웃음이 나오지?"
"알지."
"아는데 그래? 내일부터 우리 진짜 죽었어! DooD 임 팀장이 바로바로 전송한다고 그랬단 말이야. 그거 보는 데만 해도 최소한 달이다. 그것도 날밤 샌다는 전제고!"

한겸은 피식 웃었다. 이제 DooD에 관한 것만 마무리하면 얼추 광고가 완성이 된다. 그러다 보니 걱정보다는 기대가 앞섰다.

"우리! 힘내자!"
"얼마나 많이 보려고 힘을 내재!"

*　　　　*　　　　*

며칠 뒤. DooD에서는 한국에서와 마찬가지로 북미에서도 이벤트를 진행했다. 추첨을 통해 일부 유저들에게 가상공간을 체험할 수 있는 이벤트는 물론이고 현실 영웅들을 찾아 후원을 해주는 이벤트까지 진행했다. 다만 한국과 달리 땅이 넓다 보니 지역별로 나눠서 진행이 되었다.

덕분에 엄청난 자료들이 쌓이는 중이었다. 앞으로 가상공간 개발에 도움이 될 자료들이기도 했지만, 좋은 광고가 나올 자료들이기도 했다. 한겸은 DooD 개발 팀과 마찬가지로 그 영상을 살펴보는 중이었다. 그때, DooD의 임진혁에게서 전화가 왔다.

―김 프로님! 오늘 영상은 한국 시간으로 2시 정도에 보낼 것 같습니다.

"행사 끝나셨어요?"

―휴, 장난 아닙니다. 해외에서 진행 안 했으면 큰일 날 뻔했습니다.

"반응 좋아요?"

―좋다는 걸로 부족합니다. 윈드는 매일 최고 접속자를 갱신하고 있습니다. 사실 해외에서는 일부 게임을 제외하고는 콘솔게임이 대세라서 윈드가 잘 파고들 수 있을지 걱정했는데 이제는 그런 걱정 안 해도 될 것 같습니다. 그리고 이건 대외비이긴 한데 저희 가상공간 개발 공개하고부터 주가가 치솟고 있습니다. 투자 제의도 엄청나게 들어오고 있고요.

"잘됐네요."

―김 프로님 덕분이죠. 진짜 왜 한국에서만 공개를 하려고 했는지, 멍청했습니다. 아무튼 김 프로님 덕분에 요즘 살맛 납니다. 다음 주에 한국에 들어가면 식사 대접하겠습니다.

"벌써 오세요?"

—인계했으니까 전 가야죠. 어차피 전 한국에서 한 경험 알려주려고 온 건데요. 이제 북미 지사에서 알아서 할 겁니다.

한겸이 통화를 마치자 범찬이 한겸에게 달려들었다.

"임진혁 팀장?"

"응, 행사 잘 진행되나 보더라."

"어휴, 문제네 문제야. 오늘 또 보낸대지?"

"응. 2시쯤에 보낸대."

"그러니까 대충 좀 봐. 어차피 모델만 보면 되는 거 아니냐? 뭘 처음부터 끝까지 보려고 그래!"

"봐야 돼."

"어휴! 그럼 우리는 뭐 하냐고!"

색이 보이는 사람이 자신뿐이다 보니 어쩔 수 없었다. 사실 한겸도 이렇게까지 많은 영상을 혼자 보게 될 줄은 몰랐다. 병원만 하더라도 노란색으로 보이는 간호사들이 많았기에 DooD의 영상에서도 노란색으로 보이는 사람들이 있을 것이라고 예상했다. 그리고 팀원들에게 노란색으로 보이는 모델을 알리고 팀원들이 간단한 작업을 통해 모델로 적합한지 알아보려 했다. 그런데 지금은 온통 회색이거나 빨간색으로 보이는 사람들까지 있어 난감했다.

'전부 인종차별 하는 사람들이거나 별 관심이 없는 사람들인가?'

많은 인종이 살아가는 미국이라서 내심 기대했는데 결과는 그렇지 못했다. 그렇다고 아무나 쓸 순 없었다. 강혜주와 간호사도 의료인으로서 책임을 갖고 최선을 다하는 사람이었고, 한 대표와 창걸도 광고에 적합한 마인드를 갖고 있는 사람이었다.

한겸이 난감한 표정을 짓고 있을 때, 수정이 진지한 표정으로 입을 열었다.

"김한겸, 범찬이 말처럼 진짜 너 혼자 계속 볼 거야?"

"조금만 기다려 줘."

"얼마나? 지금도 영상들 쌓이기 시작하잖아. 며칠만 지나도 감당 안 될 거 같은데? 그리고 찾아도 문제야. 그 사람 설득하러 직접 미국에 가야 되잖아. 그런데 문제는 미국에서 끝나는 게 아니라는 거야. 앞으로 계속 이 광고에만 매달려 있을 거야? 1년, 2년?"

수정의 말처럼 잘못하다가는 끝이 안 날 수도 있었다. 한겸도 이렇게 영상을 통해 모델을 선정하는 건 한계가 느껴졌다. 그렇다고 지금에 와서 인종차별을 뺄 수도 없었다. 그리고 빼고 싶은 생각도 없었다.

"겸쓰, 같이 봐!"

"그래, 우리 모두 다 같이 보자. 오빠도 이리 와요."

"의자 가져올게."

각자 자리에서 봐도 되었지만, 팀원들이 모두 자신의 자리로 왔다. 의견을 나눌 필요가 없는 일이었기에 한겸은 입을 다물고 영상을 봤다. 계속해서 같은 배경의 영상을 봐서인지 다들 말이 없어지기 시작했다. 특히 종훈은 잠이 오는지 목을 주무르기까지 했다.

"한겸이는 어떻게 이걸 하루 종일 보고 있는 거야? 너무 잠 온다."

"내 말이요! 진짜 신기하네."

한겸도 물론 지겨웠다. 영상들이 완전 똑같진 않았지만, 전부 거기서 거기였다. 아무래도 이런 식으로 모델을 찾는 건 힘들 것 같았다. 한겸은 어디서부터 다시 시작해야 하는지 해결책을 떠올리려 애썼다.

'카피는 정해졌는데… 피부색 상관없이 누구나 즐길 수 있으며. 뭘 어떻게 해야지 모델을 찾을 수 있을까.'

좀처럼 생각이 떠오르지 않았다. 그때, 범찬이 종훈과 대화하며 평소처럼 투덜거리는 소리가 들렸다.

"모델을 찾아도 문제야."

"왜? 해외 가야 돼서?"

"가면 좋죠! 그런데 내가 갈 수 없으니까 하는 말이죠!"

"네가 가. 엄청 오래 걸릴 거 같은데."

"해외여행 할 겸 좋기만 하겠고만. 그런데 겸쓰가 날 안 보내겠죠! 사무실에 박혀서 이거 해라 저거 해라! 합성해라 마크 넣어라!"

"무슨 마크?"

"무슨 마크는요! 저번에도 별의별 마크 다 넣었잖아요. 장애인 협회 마크 넣고 관광공사 마크 넣고!"

"그러네. 넌 못 가겠네."

"이 형이? 내가 한다고는 안 하고!"

그 말을 듣던 한겸이 얼굴을 씰룩거렸다. 장애인 차별 하지 말자는 내용이 주였지만, 그 외에도 여러 가지 목적이 있었다. 그중 한 가지가 한국 사람들에게 한국에 대한 긍정적인 점을 알리자는 것이었다. 그래서 의료와 수평적인 사내 문화, 그리고 It에 관한 걸로 콘셉트를 잡았다.

"윈드를 하고, 인종에 관한 벽이 없으면서 우리나라를 좀 잘 알고 있는 외국인들……."

"또 뭔 개똥같은 소리야."

팀원들이 궁금하다는 표정을 지었지만, 한겸은 입을 다문 채 생각을 정리했다. 그러길 잠시, 한겸이 씨익 웃으며 모니터를 가리켰다.

"그거 그만 봐. 그거 보는 것보다 찾아 나서는 게 더 빠르겠어."

팀원들은 의아한 표정으로 한겸을 봤다. 그중 가장 반응이 빠른 사람은 범찬이었다. 범찬은 잇몸이 보일 정도로 웃으며 말했다.

"진짜? 진짜 같이 가는 거야? 난 남는 거 아니지?"
"다 같이 갈 거야. 그러니까 다들 서둘러 준비해. 빨리 가자."
"알았어! 나 집에 좀 다녀와야겠다."
"집에는 왜?"
"여권 집에 있어. 종훈이 형, 형도 집에 가야 되죠? 저 좀 태워다 주세요!"
"그럴 필요 없는데?"
"오잉? 여권 없어도 갈 수 있는 나라가 있어? 출국 자체가 안 되지 않나?"

한겸은 실실 웃으며 나갈 채비를 했다.

*　　　　*　　　　*

"겸쓰! 넌 진짜! 광고 일 안 했으면 사기꾼 했다에 내 전 재산 건다."

"해외 간다고는 안 했잖아."

"아오! 제대로 속았네."

"그래도 해외 온 기분이잖아. 어! 저기 있다. 저기 가보자."

"해외 갈 줄 알았는데 이태원이라니! 외국인 많다고 이태원이냐?"

"이태원에 한국 좋아서 오래 사는 사람 많잖아. 그래서 온 거야."

한겸은 웃으며 서둘러 건물로 들어갔다. 그러자 뒤따라오던 종훈이 웃으며 범찬을 위로했다.

"그래도 너 좋아하는 PC방 다니고 있잖아."

"겜방을 좋아하는 게 아니라 게임하는 걸 좋아하는 거죠! 이건 게임하는 것도 아니고 사람 찾아 이 겜방 저 겜방 돌아다니는 거잖아요. 이제 여기서도 못 찾으면 평택 갈 판이에요."

"평택은 왜?"

"미군기지!"

건물에 들어서던 한겸은 범찬의 말을 듣고 피식 웃으며 말했다.

"일단 PC방에서 못 찾더라도 방법 있어. 우선 PC방에서 찾는 게 빠를 거 같아서 그래."

"그러시겠지."

한겸을 따라 건물로 들어가던 수정도 범찬을 지나쳐 가며 피식 웃었다.

"그만 투덜대고 따라와. 아니면 사무실에 남아서 합성질 하고 있든가."

"넌 꼭 말을 해도!"

"이따가 내가 해외 나간 기분 느끼게 해줄 테니까 잔말 말고 따라와."

"뭔데! 지금 말해줘!"

"외국인이 하는 식당에서 밥 사준다고."

"오, 굳!"

한겸은 금세 풀린 범찬을 보며 피식 웃고는 PC방으로 들어갔다. 지금까지 이태원의 PC방을 찾아다니는 중이었다. 저녁 시간이라서인지 다행히 PC방에는 사람들이 꽤 있었다. 물론 한국인이 더 많았지만, 외국인도 있었다. 한겸은 일단 카운터에 용건부터 알렸다.

대부분이 결정권이 없는 아르바이트생들이라 어쩔 줄 몰라 했고, 한겸은 최대한 손님들에게 방해가 되지 않겠다고 약속하고는 PC방을 둘러봤다.

"어, 저기 윈드 한다."

팀원들은 각자 흩어져 윈드를 하고 있는 사람들을 찾은 뒤 한겸에게 전달했다. 이를 전달받은 한겸은 외국인에게 말을 걸어 사진을 촬영했다. 일부 거절하는 사람도 있었지만, 대부분이 재미있다며 촬영에 응해주었다. 게다가 꽤 많은 사람들이 한국어를 할 수 있었다. 간단한 인사만이 아니라 일상 대화가 가능했다. 지금 대화를 나누는 사람도 한국어가 굉장히 능숙했다.

"한국에 오래 사셨어요?"
"네, 다 합치면 9년 됐어요. 프랑스에 갔다가 다시 돌아왔어요. 저 썩을 놈이! 아, 미안요. 쿠템 주우려고 기다리는데 어떤 놈이 먹고 쨌어요."

한겸은 주먹으로 입을 가리고 웃었다. 억양이 아주 약간 이상할 뿐 한국말이 굉장히 능숙했다. 이번에도 어렵지 않게 촬영을 했고, 사진을 찍은 한겸은 만족한 얼굴로 PC방을 나왔다. 한겸이 또 다른 PC방을 찾기 위해 두리번거리자 수정이 웃으며 말했다.

"벌써 9시야. 우리 밥도 먹어야 되니까 오늘은 여기까지 하는 게 어때?"

"그럴까? 엄청 많이 찍었네. 그럼 내일 다시 오자."

수정은 만족해하는 한겸을 보며 피식 웃은 뒤 말을 이었다.

"나랑 범찬이는 내일 사무실에서 작업할 테니까 종훈 오빠랑 둘이 다녀. 최범찬도 남들 게임하는 거 구경하는 거보다 사무실에 있는 게 좋을 거야. 그게 낫지?"

"뭐야! 방수정, 내 마음 어떻게 알았어? 설마 나 좋아하냐? 난 친구끼리 서먹해지는 거 싫은데."

"닥쳐, 미친놈아!"

"농담이지. 그나저나 오늘 수정이가 쏜대! 뭐 먹을 건데?"

수정은 어이없다는 표정으로 범찬을 한 번 쳐다보고는 이내 헛웃음을 뱉고는 말했다.

"TV에서 본 곳인데 여기서 가까워. 남아공 전문 음식점인데 평가가 좋아."

수정은 다시 주소를 확인하고는 걸음을 옮겼고, 한겸과 두 사람도 서둘러 수정을 쫓아갔다. 얼마 지나지 않아 식당에 도착했다. 남아프리카공화국의 국기처럼 여러 색으로 꾸며진 간판의 구석에는 한국어가 보였다. 그리고 기다리는 사람이 상당히 많았다. 한겸은 기다리는 사람들을 쳐다본 뒤 입을 열었다.

"손님 많네. 우리 기다려야 되는데?"

"겸쓰 넌 진짜! 뭐가 그렇게 급해. 앞에 두 팀밖에 없는 거 같은데 조금 기다리면 되겠고만!"

"그냥 시간 아까워서."

"넌 진짜 재벌 2세가 뭐 그러냐. 입에 들어가면 다 똑같다고 생각해."

"재벌 아니라니까. 아무튼 기다리면 되잖아."

한겸은 헛기침을 하고는 대기자들을 위해 만들어놓은 의자에 앉았다.

"오, 방수정 말대로 진짜 해외 온 거 같아. 이 의자부터 있어 보여. 벌써부터 아프리카의 열기가 느껴진다. 막 기린이 보이는 거 같아."

"아부 안 떨어도 사줄 거니까 그만하지?"

"아니야. 진짜로 그렇게 느껴진다니까. 그런데 저기 저 사람은 백인이네? 남아공에 백인 많이 산다더니 진짜인가 봐."

범찬은 신이 난 표정으로 아무 말이나 뱉어댔다.

"저 사람이 사장이야. TV에 나왔었어."

"그래? 어? 나온다. 남아공 말 뭐지? 영어인가? 겸쓰, 네가 대답해!"

그사이 가게 주인이라던 백인이 가게 밖으로 나왔다. 그러고는 대기하는 사람들에게 가볍게 인사를 했다. 한겸도 대답하기 위해 기다릴 때, 가게 주인은 가볍게 인사를 하고는 한겸을 지나쳐 갔다.

"미리 주문받고 그러는 게 아니었나 보네."

가게 주인은 밖에 내놓은 메뉴판을 치우고 뒷짐을 진 채로 여기저기 둘러봤다.

"야, 우리가 마지막 손님인가 보다."
"그러게. 가게 문 엄청 일찍 닫네."

늦은 시간도 아니었는데 자신들이 마지막 손님인 것 같았다. 사장은 다시 가게로 돌아가지 않고 뒷짐을 진 채 지나가는 사람들에게 인사를 했다. 뒷모습만 봐서는 동네 식당 사장님 같은 분위기였다. 그때, 건너편 가게에서 흑인 한 사람이 나오더니 가게 주인과 제스처로 대화를 했다. 그 모습을 본 한겸은 피식 웃었다.

"일 끝나고 한잔하자는 거 같네. 완전 한국 사람 같다."

그는 이 거리에서 꽤 유명했는지 건너편 가게에서 나왔던 사람뿐만이 아니라 지나가는 사람들과도 인사를 나누고 있었다.
한겸은 재미있다는 듯 가게 주인을 지켜봤다.

"겸쓰! 너 표정 불안한데?"

*　　　　　*　　　　　*

한겸은 식사를 하는 내내 가게 주인의 일거수일투족을 관찰
했다.

"겸쓰! 좀 먹고 하자!"
"어, 먹어."
"네가 자꾸 두리번거리니까 입에 안 들어가잖아!"
"그런데 신기하다."
"뭐가!"
"저 사장님 말이야. 꼭 너 같아."
"미친놈아! 내가 머리 벗겨지고 배 나오고 그러냐?"
"아니, 성격 말이야. 네가 영어만 잘했어도 저 사장님처럼 전
세계에 친구가 있을 거 같거든. 여기 식당만 봐도 그렇잖아. 주
방에 흑인도 있고, 이슬람계 같아 보이는 사람도 있고, 근데 서
빙은 또 우리나라 사람이잖아. 온 세계에서 모인 곳 같지 않
아?"

수정과 종훈도 동의한다는 듯 고개를 끄덕거렸다.

"최범찬이 외국인 만날 기회가 없어서 그렇지 기회만 있었으면 영어 몰라도 잘 놀았을걸?"

"범찬이라면 그럴 거 같아."

범찬은 칭찬인지 욕인지 헷갈리는지 아리송한 표정을 지었다. 그러고는 한겸을 물끄러미 쳐다보더니 이내 한겸의 속셈을 알아차렸는지 급하게 입을 열었다.

"나한테 저 사장님하고 친구 하라고 그러는 거냐? 그래서 모델로 섭외하라고?"

"너하고 친구 하라고 그러는 건 아닌데 섭외했으면 하는 건 맞아."

"겸쓰, 너 어쩔 때 보면 좀 모자라 보이는 거 알아?"

"내가?"

"저 사장님이 윈드 하겠냐? 아니, 알기나 하겠냐? 이 가게를 봐라. 가게에 사람이 이렇게 미어터지는데 윈드 할 시간이 어디 있어. 가뜩이나 저렇게 사람 만나는 거 좋아하는데 시간 있으면 술이나 한잔 더 마시겠지."

"너도 사람 만나는 거 좋아하잖아. 그리고 너도 바쁜데 시간 내서 게임하잖아."

"어휴! 왜 자꾸 나랑 비교하냐. 아무튼 저 사장님이 윈드 안한다에 내 전 재산… 까지는 아니고 내일 점심 쏜다."

수정도 종훈도 범찬의 말에 동의했다. 한겸은 팀원들을 보며 웃었다.

"안 해도 괜찮아."
"뭐야, 지금까지 PC방 다녔잖아."
"일단은 PC방부터라고 했잖아."
"도대체 뭘 하려고 그러는 거야."

그때, 한겸이 계속 쳐다봐서인지 시선을 느낀 가게 주인이 한 겸의 테이블로 왔다. 가게 주인은 능숙한 한국어로 말을 걸었다.

"식사는 마음에 드시는지요?"
"네, 맛있어요. 한국말 잘하시네요."
"한국 사람이니까요."
"아! 귀화하셨어요?"
"바로 아시네요. 한국이 좋기도 하고 아내도 한국 출신이라서 요."
"그러셨구나."
"그럼 필요하신 거라도 있으신가요? 계속 저를 보시는 거 같 아서요."
"그런 건 아니고요. 궁금한 게 있어서요."

팀원들은 결과가 내심 궁금했는지 가게 주인을 쳐다봤고, 한겸은 그런 팀원들을 보며 웃은 뒤 가게 주인에게 물었다.

"혹시 월드 오브 윈드라는 게임 하시나요?"

"윈드요? 알죠."

"하고 계시나요?"

"하진 않지만 가상공간에 대해서 관심이 많아서 알고 있죠. 그리고 인터넷에 기사가 하도 많이 나오기도 하고 주변에도 하는 사람들이 많아서 알고는 있습니다."

범찬은 자신의 말이 맞는 게 좋았는지 신이 난 표정으로 주먹까지 흔들어댔다. 그럼에도 한겸은 별로 상관없다는 표정으로 말했다.

"그럼 혹시 윈드 해보실래요?"

"네?"

범찬은 어이가 없다는 표정으로 한겸을 봤고, 한겸은 진지한 표정으로 가게 주인에게 설명을 했다. 한참 동안 설명이 계속 되자 범찬은 고개를 저으며 종훈에게 속삭였다.

"설마 윈드 하라고 할 줄은 예상 못 했네. 지가 무슨 윈드 홍보대사야 뭐야. 안 그래요?"

"그런데 생각해 보면 저게 맞는 거 같기도 한 거 같아. 안 해봤으면 해보게 하면 되는 거잖아."

"에이, 하란다고 하겠어요? 할 거면 진즉에 해봤었겠죠. 아무튼 저 무데뽀 정신 하나는 인정. 어? 사장님 표정이 뭔가 혹해하는 표정인데?"

팀원들이 조용히 대화를 나누는 사이 한겸에게 설명을 들은 가게 주인은 한겸의 말을 정리했다.

"그러니까 절 광고모델로 쓰고 싶은데 모델이 되려면 윈드를 해야 한다는 말씀이시군요?"

"네, 맞아요."

"오, 광고모델! TV에도 나오는 겁니까?"

"일단은 테스트를 해봐야겠지만, 저희가 찾고 있는 사람이 피부색에 상관없이 친구들을 사귀는 사람이 필요했거든요."

"참, 죽으면 다 흙으로 돌아갈 텐데 피부색이 뭐라고 따지는지."

외국인에게 저런 말을 듣게 된 한겸은 재미있다는 듯 미소를 지었다. 확실히 피부색에 연연하는 사람이 아니라는 건 알 수 있었다.

"남아프리카공화국이 아프리카이면서도 백인이 많이 사는 곳이라서 그런지 마인드가 좀 다르시네요."

"아하! 저 남아공 출신 아닌데, 저 미국 오하이오주 출신입니다. 지금은 한국인이고요."

"네······?"

"가게 때문에 오해를 많이 합니다."

"그렇군요. 남아공 요리 전문 식당이라서 남아공분인 줄 알았어요."

"요리는 제가 하는 게 아니니까요. 크크. 아내가 합니다."

한겸은 순간 멍했다. 그러고는 급하게 고개를 돌려 주방을 쳐다봤다. 오픈형이라서 요리사들이 전부 보였는데 요리사들 중 여자라고는 흑인 한 명뿐이었다. 아까 가게 주인에게 듣기로는 분명히 한국 사람이라고 들었는데 한국인은 보이지 않았다.

"네······? 아까 아내분이 한국 출신이시라고."

"한국인 맞습니다."

"오늘은 출근 안 하셨나 보군요."

"저기 있습니다. 수민! 수민! 자수민! 아, 아내 성이 자 씨입니다. 용산 자 씨 시조고요."

주방을 보자 흑인 여성이 손을 흔들며 웃고 있었다. 좀처럼 상황이 정리되지 않았다. 한겸뿐만이 아니라 팀원들 모두가 어리둥절한 표정이었다. 그러자 가게 주인이 마구 웃으며 말했다.

"수민이 한국 사람 맞습니다. 10년 전에 한국 사람 됐거든요.

전 3년 전에 한국 사람이 됐습니다. 제 이름은 여기 명찰 보이시죠?"

"아… 고길수 씨네요……."

"맞습니다! 원래 고긴스인데 한국식으로 바꿨습니다. 용산 고씨의 시조가 접니다. 하하! 잠시만요. 손님 나가시네요."

"네, 천천히 하세요."

가게 주인이 카운터로 가자 범찬이 키득거리며 입을 열었다.

"겸쓰 표정 봐. 크크크. 한 방 맞은 표정이네."

"전혀 예상 밖이라서 당황했네."

"틀린 말 한 건 아니지. 귀화했으면 한국 사람이 맞잖아. 게다가 용산 고 씨 시조라잖아."

"그러니까. 휴, 설마 아내가 한국 사람이라고 그래서 무의식적으로 진짜 한국 사람이라고 생각하다가 저분 보고 깜짝 놀랐네."

"진짜 한국 사람이라니까?"

"그렇지. 이번 광고 만들면서 나 스스로도 느끼는 게 많네."

"그렇게 자책까지 할 필요는 없고."

"자책하는 거 아니야. 잘하면 모델을 한 번에 다 구할 수 있을 거 같아서."

"저 아줌마까지?"

한겸은 피식 웃고는 가게 주인을 봤다. 윈드를 하지 않는 점만 빼놓고 보면 누구보다 잘 어울리는 사람이었다. 지금도 손님과 무슨 대화를 하는지 크게 웃고 있었다.

"윈드만 하면 정말 딱이네."
"겸쓰, 아까 네가 설명하고 모델 시켜준다고 그러니까 혹한 거 같아 보이더만."
"아직 대답을 들은 게 아니라서 잘 모르겠네."

그때, 계산을 끝낸 고길수가 다시 한겸에게 다가왔다.

"바쁘신데 제가 귀찮게 하는 건 아닌지 모르겠네요."
"아닙니다. 어차피 가게 문 닫을 시간인데요."
"일찍 닫으시네요."
"딱 저녁 장사 할 만큼만 준비하거든요. 희소성! 아무튼, 아까 하던 얘기를 해보면 저한테 광고모델을 하라는 거죠?"
"네, 그런데 윈드를 해야 된다는 조건이 있어요. 그리고 테스트를 하게 될 거고요."
"순서가 이상한데요?"

한겸은 멋쩍게 웃었다. 확인을 해보진 않았지만, 윈드를 하지 않는 이상 색이 보이지 않을 것이었다.

"그리고 실례지만 아내분도 같이 해보시는 건 어떨까요?"
"어! 안 그래도 그 말을 하려고 했습니다!"

"네, 마찬가지로 테스트를 통해 확정이 되겠지만 아내분도 피부색에 편견이 없으실 거 같아서요."

"수민이도 편견이 없거든요! 오히려 차별을 받으면 받았지."

고길수는 주방을 힐끔 보더니 조심스럽게 입을 열었다.

"우리나라 사람들이 조금 고지식한 면이 있잖아요."

"네?"

"백인에 대해서는 관대한데 흑인에 대해서는 못사는 나라에서 왔다는 편견들이 있더라고요. 특히 노인들이 그러더라고요. 사실 수민이가 피부가 검긴 해도 혼혈이라서 완전 흑인은 아니거든요. 보이시죠? 그런데도 시장만 가면 깜둥이라고 수군거리고."

"아⋯⋯."

"몰라서 그러는 걸 수도 있는데 수민이도 차별을 좀 받아서 어디 나서는 걸 그렇게 좋아하진 않아요. 아! 물론 우리나라 좋아하죠. 그런 사람들은 일부이니까요. 친구들도 좋고 잘해주는 사람도 있고. 여기 이태원 오고부터는 잘 돌아다니고 그럽니다. 다만 처음 보는 사람들한테는 낯을 가립니다."

"처음 보는데 낯을 가리는 건 당연하죠."

"아! 맞는 말이네요? 하하하, 아무튼 신기하게 보는 시선 때문에 좀 꺼려하는 경향이 있죠."

다들 어느 정도 알고 있는 부분이었다. 흑인이나 동남아시아

인들을 가난해서 한국에 돈을 벌러 왔다고 생각하는 사람들이 꽤 있었다.

"그래서 저희가 피부색에 상관없이 친구가 될 수 있다는 걸 알릴 계획입니다."

"저도 그 부분이 좋아서 고민한 겁니다. 제가 모델을 해서 사람들 인식을 좀 바꿔보면 어떨까 해서요. 그럼 수민이와 비슷한 일을 겪은 사람들에게 좀 도움이 되지 않을까 하는 생각이 들더군요."

그가 아내를 진심으로 사랑하고 있다는 것이 느껴졌다.

"그리고 가상공간도 궁금하기도 하고요. 제가 실은 파이온 링크 개발 팀에 있어서 한국에 왔던 거거든요. 거기서 가상공간으로 채팅할 수 있는 기획을 밀었다가 당시에는 불가능하다는 판단을 받았는데 지금은 어떤지 궁금하네요. 정말 인터넷에서 보던 대로 나오나요?"

"제가 해보기로는 그랬어요. 그런데 파이온 링크 개발 팀에 계셨었어요?"

"그랬죠. 알죠? It 업계의 종착지는 치킨집이라는 거? 여기가 치킨집은 아니지만 닭 요리도 파는 거 보면 맞는 말이더라고요. 옛말 중에 틀린 말 하나 없다는 게 진짜였어요."

고길수는 아내 얘기로 무거워질 수 있는 분위기를 농담으로

가볍게 만들었다. 덕분에 팀원들도 편하게 웃었다. 한겸 역시 고
길수의 대답이 너무 마음에 들었다. 윈드를 하진 않지만 가상공
간에 들어가기만 한다면 색이 보일 것 같았다.

＊　　　　＊　　　　＊

　다음 날, 한겸은 턱을 괸 채 포스터를 쳐다봤다. 임시로 찍어
온 고길수의 사진을 윈드의 가상공간에 넣은 포스터였다. 아직
은 회색으로 보이고 있는 상태였지만 큰 걱정은 없었다. 고길수
가 윈드를 하지 않아서 이렇게 보인다고 생각하는 이유도 있었
지만, 고길수가 아니더라도 어떤 사람을 찾아야 한다는 방향성
이 잡힌 이유도 있었다.

　다만 고길수의 아내 자수민이 문제였다. 회색이 아니라 빨간색
이었다. 고길수에게 듣기로는 피부색에 편견이 없다고 들었는데
포스터에 넣어보니 빨갛게 보였다. 한겸이 포스터를 보고 있을
때, 수정이 다가와 책상을 두드렸다.

　"포스터 마음에 들지?"

　"괜찮은 거 같긴 하네."

　"반응이 시큰둥하네. 내가 보기에는 고길수 씨 표정이 좋아서
그런지 '나이에 상관없이' 넣어도 괜찮을 정도로 잘 어울리는 거
같던데."

　"괜찮아 보여. 일단은 킵 해두고. 문제는 자수민 씨네."

　"난 잘 모르겠던데. 이상해?"

한겸은 머리가 지끈거려 한숨을 뱉었다. 그러자 수정이 웃으며 입을 열었다.

"천천히 생각해. 마음에 안 들면 다른 모델로 찾아도 되잖아. 어떻게 모델 구할지 생각해 놨으니까 금방 찾을 거 같은데."

"응, 그래야지."

"그나저나 DooD에는 얘기했어?"

"이제 전화 올 때 됐으니까 그때 하려고."

"뭐라 하는 거 아니겠지?"

"걱정하지 않아도 될 거야."

해외 이벤트가 실패 중이라면 한국에서 모델을 찾고 있다는 말을 꺼내기 어려웠을 것이다. 하지만 해외에서 진행 중인 이벤트 덕분에 DooD의 인기는 자신들이 예상했던 수치를 훨씬 넘어갈 정도였다. 이제는 DooD에서 따로 홍보를 할 필요도 없었다. 게임 매거진은 물론이고 방송국들이 너 나 할 것 없이 알아서 소개를 하고 있었다. 그리고 그 바탕이 된 것이 현실에 있는 영웅들을 후원하는 일이었다. 인터넷에서 내용을 본 사람들이 DooD에 대해 호의적인 반응을 보이고, 그것을 뉴스에서 소개하고, 또 뉴스를 본 사람들은 DooD에 좋은 감정을 가지게 되었다. 영웅을 소개함으로써 사회를 활기차게 만드는 기획이라며 칭찬을 받고 있는 중이었다.

그때, 마침 DooD의 진혁에게서 연락이 왔다.

―김 프로님! 대박! 저희 행사에 누구 온지 아십니까? 할리우드 배우 크리슨 토머 왔습니다! 저희가 초대한 게 아니라 추첨돼서 왔습니다!

모델 후보들로 가상공간을 체험해 보고 싶다는 부탁을 해도 당장에라도 허락할 것 같은 목소리였다. 진혁은 잔뜩 상기된 톤으로 말을 이었다.

―김 프로님이 제작하시는 광고에 그런 유명 배우가 나오면 좋을 거 같아서 저희가 넌지시 말했는데 그쪽 반응도 긍정적이었습니다!
"그래요? 그런데 그렇게 추천해 주고 싶지는 않네요."
―네? 크리슨 토머인데요? 블러드 시리즈의 크리슨 토머라니까요?
"중간 스토리도 중요한데 이게 메인모델에 집중되어야 하는 거라서 다른 모델이 너무 유명인이면 곤란해요."
―아……
"저희도 지금 한국에서 모델을 찾고 있는 중이거든요. 그래서 그런데 저희가 고르고 있는 모델분들로 가상공간을 체험해 볼 수 있을까요?"
―아, 그건 당장은 곤란합니다. 지금 여기도 부족해서 본사에서까지 가져온 상태거든요. 한 달 정도 뒤에는 가능합니다. 저도 그때 한국 가니까 제가 힘써놓겠습니다. 그리고… 크리슨 토머

는 혹시나 생각이 바뀌시면 말씀 주시고요.

한겸은 웃으며 통화를 마쳤다.

*   *   *

요 며칠, 한겸은 이태원에 가서 모델을 찾기도 하고 DooD에서 보낸 영상을 확인까지 하다 보니 몸이 열 개라도 부족할 정도로 바쁘게 움직이고 있었다. 게다가 고길수의 사진도 아직까지 큰 변화가 없었다. 아직은 회색으로 보이고 있지만 그래도 오늘 안에 색이 바뀔 거라고 기대 중이었다. 그때, 종훈이 한겸을 불렀다.

"한겸아, 이리로 와서 이거 한번 봐줘."
"뭔데요?"

종훈의 모니터에는 DooD의 배경으로 작업을 한 포스터가 있었다. 그런데 배경 속 조그맣게 보이는 모델이 빨갛게 보였다.

"이 사람은 누구예요?"
"며칠 전에 임진혁 팀장이 말했던 사람이야. 크리슨 토머."
"아, 그 사람. 작업한 거예요?"
"응, 너 혼자 영상 확인 하니까 가만있기 뭐해서 해봤지. 우리 흑인 모델은 못 찾아서 혹시나 해서 만들어봤는데 어때?"

화면을 가만히 처다보던 한겸이 고개를 저었다.

"이 사람은 아니에요."
"아니야? 내가 보기에는 멋있는 거 같은데."
"멋있긴 한데. 아니에요."

종훈은 아쉽다는 표정을 지었다. 한겸이 보기에도 모델이 빨갛게 보여서 그렇지 아쉬울 정도로 잘 어울렸다. 그런데도 빨갛게 보이는 이유가 있을 것이었다. 그때 수정이 갑자기 대화에 끼어들었다.

"이 새끼 쓰레기네. 혹시 몰라서 얘 조사해 봤는데 흑인 차별하지 말아달라고 그러는 새끼가 동양인 비하하고 있어. 눈 찢는 시늉 하고 찍은 사진이 한두 개가 아니야. 너, 알고 아니라고 한 거지?"
"그래서 빨갛게 보였구나."
"뭐가 빨개?"
"아니야."
"아, 진짜 큰일이다. 모델 섭외 어떻게 해야 돼."
"피부색에 관한 편견이 없는 사람을 가장 우선순위에 두고 뽑아야지."
"영상 보면 그게 보이고? 넌 진짜 알다가도 모르겠다. 그런데 최범찬은 왜 안 와! 벌써 3시인데!"

수정이 범찬을 찾음과 동시에 사무실 문이 열리며 범찬이 들어왔다.

"뭐 하다가 이제 와! 우리 너 기다리느라고 밥도 안 먹었는데!"

"뭐 하기는! 나도 점심도 못 먹고 지금까지 열심히 일하고 왔지! 길수 형님한테 윈드 알려주다가 답답해 죽을 뻔했네."

"혼자 해보라고 하면 되는 걸 알려주려고 이태원까지 가냐?"

"할 거면 제대로 알려줘야지! 야, 겸쓰. 사진도 찍어 왔음."

한겸은 피식 웃고는 메모리카드를 건네받았다.

"진짜 왜 이렇게 오래 걸렸어. 고길수 씨 한 시간밖에 시간 없다고 그랬잖아."

"어, 길수 형님이랑 수민 누님이랑 같이 알려주느라고 그랬지. 사진도 찍고. 참, 거기에 다른 사람 사진도 있어."

"다른 사람들도 찍어 왔어?"

"간 김에 찍었지. 길수 형님이 소개해 줘서 찍었어. 죄다 흑인이야. 그런데 길수 형님 눈치 보면 수민 누님이랑 꼭 하고 싶어 하는 거 같더라. 만약에 수민 누님 안 되면 안 한다고 할 수도 있을 거 같아."

"일단 확인해 봐야지."

"내가 보기에는 수민 누님도 괜찮을 거 같아. 처음에는 낯가리는 것처럼 말도 잘 안 하고 그러더니 친해지니까 잘 웃고 그러더라."

어떻게 저렇게 형님, 누님이 되는지 한겸은 감탄했다. 아마 범찬이 흑인이었다면 고민할 필요도 없이 범찬을 모델로 했을 것이었다. 자리로 돌아온 한겸은 범찬이 찍어 온 사진을 먼저 팀원들이 작업할 수 있도록 메일로 보냈다. 그리고 사진을 보려 할 때, 전화가 걸려왔다. 음악 때문에 연락을 해둔 경용이었다.

─김 프로님! 저 언제 가면 되나 해서 연락드렸어요.
"벌써 만드셨어요?"
─네, 영상에 어울리게 만들긴 했는데 영상이 완전한 게 아니라서요.
"천천히 하셔도 되는데."
─빨리 해야지 다른 광고음악도 만들고 하니까요.
"어? 다른 대행사에서 일 맡으셨어요?"
─아니죠! 제가 어떻게 배신을 합니까. 그런 말이 아니라 제가 일을 빨리 마무리 지어야 김 프로님이 다른 광고 만드실 거 같아서요. 그래야 저도 음악 작업도 좀 하고요.
"아."

경용이 놀고만 있는 것은 아니었다. 나름대로 음악 작업을 하고 있다는 걸 한겸도 알고 있었다. '사랑을 나눠요'가 히트를 하다 보니 곡을 받고 싶어 하는 사람들이 생겼고, 그들에게 곡을 주기도 했다. 확실히 예전보다는 나아졌지만, 그래도 아직 큰 성과는 없는 상태였다.

"일단 제가 갈게요. 지금 스튜디오시죠?"
─네, 맞아요. 지금 오실 거예요?
"네, 바로 갈게요."
─식사하셨어요? 안 하셨으면 제가 시켜놓을게요.

한겸도 점심을 거른 상태였기에 마침 잘되었다고 생각하며 말했다.

"같이 먹어요. 저희 다 같이 갈 거니까 밖에서 먹어요."
─다들 안 드셨어요? 바쁘신가 보네요. 그럼 어디로 갈까요?
"제가 스튜디오 앞으로 갈게요. 지금 바로 갈게요."

경용의 스튜디오는 C AD에서 5분도 채 걸리지 않는 곳에 위치해 있었다.

"우리 나가서 밥 먹고 들어오자."
"경용이 형이랑?"
"어. 우리도 밥 먹어야 되니까 겸사겸사 다녀오게."
"종훈이 형이랑 수정이도 같이 가."

범찬이 찍어 온 사진으로 작업을 하던 종훈이 고개를 끄덕거리며 말했다.

"한겸아, 범찬이가 찍어 온 거 봤어?"
"왜요?"
"죄다 쓰레기야. 게임하는 모습만 찍어 와서 다 옆모습이야."

한겸은 고개를 젓고는 종훈의 모니터를 봤다. 고길수의 앞모습이 있기도 했지만 얼굴만 담겨 있는 상태였다. 한겸이 한숨을 쉬려고 하자 범찬이 버럭 하며 말했다.

"어차피 얼굴만 있어도 되거든? 마지막 장면이 양쪽에서 연성 씨를 보는 구도인데 당연히 옆모습이지!"
"그럼 헤드셋이라도 좀 벗기고 찍지."
"어? 벗은 건 없나? 찍었던 거 같은데… 뭐! 다 내가 벗기면 돼! 그리고 저번에 찍어 온 사진이나 오늘 찍은 사진이나 똑같잖아. 며칠 사이에 뭐 변하기라도 하냐?"

한겸은 피식 웃었고, 종훈은 어느덧 범찬에게 설득된 듯 보였다.

"그렇긴 해. 오늘 찍어 온 거 넣은 거나, 저번에 찍은 걸로 만든 거나 별 차이 없어 보이네."

종훈은 전에 작업했던 포스터를 보며 말했다. 순간 종훈의 모니터를 보던 한겸이 갑자기 종훈의 마우스를 뺏었다. 그러고는 며칠 전에 찍어 온 사진으로 작업한 포스터를 쳐다봤다.

"왜?"
"아… 이렇게 봐도 보이는구나. 하긴… 그게 맞네."
"맞긴 뭐가 맞아?"

한겸은 헛웃음을 뱉고는 모니터를 봤다. 조금 전만 하더라도 포스터 속에서 회색으로 보이던 고길수가 노랗게 보이고 있었다.

"조건에 맞는 사람만이 아니라 조건을 만들어도 되는 거였네."
"지금 그렇게 하고 있잖아."
"아, 그러니까요. 그게 맞다고요."

한겸은 재미있다는 듯 모니터를 보더니 갑자기 넋이 나간 표정으로 천장을 쳐다봤다.

"그럼… 이미 봤던 사람들 중에도 어울리는 사람이 있을 수 있다는 거네."
"뭔 개똥 같은 소리야. 지금 뭘 또 보겠다는 거냐?"
"그래야 될 거 같아서."
"밥은? 경용이 형 지금도 밖에 나와서 기다리고 있을 건데?"
"아!"

"일단 밥부터 먹자."

경용의 성격상 미리 기다리고 있을 게 뻔했기에 한겸은 서둘러 나갈 채비를 했다. 그러면서도 종훈의 모니터에 보이는 자수민을 계속해서 힐끔거렸다. 같이 윈드를 한 고길수가 노랗게 변했는데 자수민은 같은 조건을 만들었는데도 여전히 빨갛게 보이고 있었다.

＊　　　　＊　　　　＊

목동 로데오의 한 식당에 자리한 한겸은 주변을 보며 헛웃음 뱉었다.

"김 프로님, 왜 웃으세요?"
"아, 가까이에도 있었는데 그걸 몰랐네요."
"네?"
"외국인들이요."
"아! 외국인들 엄청 많죠? 특히 중국인이 진짜 많아요."

중국인뿐이 아니었다. 전체적으로 거리에 피부색이 엄청 다양했다.

"몇 골목 차인데 완전 해외 온 거 같네. 전에는 이렇게 많지 않았는데."

"아! 요즘 엄청 많아요."

"왜요?"

"여기 아제슬로에서 행사하거든요."

명품이라 불리는 I.J, 제프우드, 헤슬, 로젤리아가 목동 로데오 거리에 입점을 했다. 다들 세계에서 내로라하는 명품 브랜드였다. 네 개의 브랜드가 모두 입점한 거리는 한국을 제외하고는 세계 어디에도 없었다. 이런 브랜드가 한국에 자리 잡은 이유는 한국 브랜드이자 여러 명품 브랜드와 협업을 하는 I.J 때문이라는 얘기가 있었다.

한국의 브랜드이자 명품이라서 한국 뉴스에서조차 앞다투어 가며 소개를 한 덕분에 한겸도 알고는 있었다. 각 브랜드의 글자를 딴 아제슬로라는 거리 이름만 봐도 I.J의 영향력이 크다는 걸 느낄 수 있었다.

"무슨 행사를 하는데요?"

"로젤리아하고 헤슬하고 이번에 합작을 해서 가방 내놨다고 들었어요. 그래서 그거 사러 온 사람들 엄청 많아요."

"그렇구나. 매장이 다른 곳도 있지 않나요? 백화점도 있잖아요."

"헤슬하고 로젤리아는 한국에 매장이 여기뿐이에요. 아! 헤슬은 대영백화점에서도 파는데 수량이 얼마 안 된다고 하더라고요. 저도 요즘 식당만 가면 죄다 외국인들이라서 궁금해서 알아본 거거든요. 그런데 옷 가격이 얼만지 아세요?"

"명품이면 한 500만 원?"

"아니요. 놀라지 마세요. 무슨 가방이 2,300만 원이래요. 장난 아니죠? 그래도 명품 이름치고는 싸다고 그래서 사람들이 사러 오는 거래요."

한겸이 창밖에 지나다니는 사람들을 볼 때, 범찬이 기가 막힌다는 표정을 지으며 말했다.

"저 사람들이 전부 그 가방 사러 온 거였어요? 이거 봐! 세상에 부자가 이렇게 많다니까! 잠시나마 만족하고 있던 내가 부끄러워진다!"

"설마 다 가방 사러 왔겠어? 구경하러 온 사람도 있겠지."

"죄다 명품 거리인데 돈이 있어야 구경도 하는 거거든? 그러고 보면 겸쓰, 너는 재벌 2세가 명품도 없냐."

"난 내가 명품이잖아."

"어우, 닥쳐. 재수 털려. 밖에 보니까 괜히 자괴감 들고 그런다. 남들은 몇천만 원짜리 쇼핑 다니는데 나는 불고기 먹는다고 좋아하기나 하고."

"여기 비싼 데야."

"알지! 그냥 그렇다고. 그런데 경용이 형도 명품 있어요? 원래 연예인들 명품 입고 그러잖아요."

경용은 어색하게 웃으며 손목을 내밀었다.

"형 시계가 명품이었어요? 어디 건데요?"

"아니요. 전 시계도 이런 거 차고 있는데 무슨 명품이냐고 보여준 건데."

"뭐야. 이 형도 진짜 이상해. 그리고 말 좀 놔요."

"나중에요. 그런데 저기 밖에 사람들 시계 사러 온 사람이 더 많을 걸요? I.J에서도 시계 내놨거든요. I.J가 이름값에 비해 싼 편인데 이번 시계는 좀 비싸긴 하더라고요. 700만 원인가 그렇대요."

"와… 휴대폰으로 보면 되는 걸 그 돈 주고 사네."

한겸도 같은 생각이었다. 그것도 잠시, 색이 보이기 시작했을 때 봤던 I.J의 광고가 떠올랐다. 궁금한 마음에 휴대폰으로 I.J를 검색했는데 예전의 광고들만 있을 뿐 새로운 광고가 없었다.

"이번에는 광고 안 하나?"

"뭐가?"

"I.J 말이야. 매번 나오는 광고가 좋아서 찾아봤는데 이번에는 없어서."

"안 해도 되니까 안 하겠지."

광고는 필수라고 생각하지만 사실상 광고주의 선택이었기에 고개를 끄덕거렸다. 그때, 식당 문이 열리면서 외국인이 들어왔다. 외국인을 섭외해야 하는 입장이다 보니 관심이 갈 수밖에 없었다. 그래도 예의에 벗어나지 않게끔 힐끔 쳐다봤다.

백인 2명과 흑인 1명, 그리고 나머지 한 명은 한국 사람으로 보이는 일행이었다. 여러 인종이 섞이다 보니 더욱 관심이 갔다. 굉장히 작은 체구에 인상이 날카로운 사람과 엄청나게 큰 거구가 백인이었고, 흑인은 다리가 불편한지 휠체어에 타고 있었다. 그리고 마지막 한국 사람은 나이가 상당히 많아 보이는 노인이었다. 조합이 신기하다고 생각하며 그 사람들을 쳐다봤다. 그때, 마른 백인이 손을 번쩍 들더니 주문했다.

"사장님! 불고기백반 8개요."
"또 늦으시나 보네?"

근처 테이블에 자리한 사람들은 어쩔 땐 한국어로, 어쩔 때는 영어로, 게다가 거구의 백인과 흑인은 태국어로도 대화했다. 그 모습을 자신만 신기하게 보는 것이 아니었다. 친구들은 물론이고 경용까지 근처 테이블에 시선이 고정되어 있었다. 그때, 범찬이 한겸에게 속삭였다.

"4명인데 8인분 시켜. 부자인가 봐."
"좀 닥쳐."
"그냥 한 말이거든? 너, 저 사람들한테 사진 찍자고 할 거 같아서 말한 거다. 저기 주문한 백인 보이지? 저 사람이 입은 정장 칼라 보면 이상한 무늬 보이지? 저게 I.J 맞춤옷이거든? 부자처럼 보이는데 괜히 가서 식사 방해하지 말라고 하는 거야. 한국에 대한 좋은 이미지를 심어줘야 할 거 아니야."

한겸은 피식 웃고는 그 사람들을 힐끔 봤다. 정장을 입은 사람 한 명과 깔끔하게 차려입은 듯한 흑인, 그리고 나머지 두 사람은 같은 유니폼을 입고 있었다.

제3장

I.J

식사를 하는 와중에도 한겸은 옆 테이블에 관심을 보였다. 범찬은 계속 말렸지만 한겸이 말린다고 될 리가 없다는 걸 알고 있던 수정이 입을 열었다.

"다 먹고."
"어, 안 그래도 다 먹고 가려고 기다리고 있는 거야."
"저 사람들도 다 먹고. 우리도 다 먹고! 너 지금 한 숟갈 먹었거든?"

한겸은 밥공기를 쳐다보며 웃고는 숟가락을 입에 가져갔다.

"반찬도 좀 쳐먹어! 내가 진짜 말을 곱게 하고 싶은데 너, 최범찬, 종훈 오빠 때문에 말이 곱게 나올 수가 없어. 진짜."

"난 왜……."

"오빠는 왜 또 눈치 보고 있는데요! 남자가!"

"아니, 다 안 먹으니까… 혼자 먹기 그래서 그렇지."

자신 때문에 식사가 제대로 되지 않고 있다는 걸 안 한겸은 멋쩍게 웃은 뒤 식사를 시작했다. 그때, 가게 문이 열리는 소리가 들려옴과 동시에 수정이 고개를 갸웃거렸다. 한겸도 궁금한 나머지 고개를 돌려보니 이번엔 한국인으로 된 사람들이 들어왔다. 중년의 남성과 젊은 남녀. 세 명이었다. 그런데 모자를 쓰고 있는 젊은 남자의 얼굴이 굉장히 낯이 익었다.

"어? 어디서 봤는데?"

"연예인인가?"

분명 낯이 익은데 선뜻 떠오르지 않았다. 그때, 자리를 잡고 있던 사람들이 방금 들어온 사람들에게 손을 흔들었다.

"선생님, 불고기백반 시켜놨습니다."

"네, 늦어서 죄송해요. 근처에 사람들이 많아서 모노클 빼고 오느라고요."

순간 한겸의 테이블은 지금 들어온 사람이 누구인지 알아차림과 동시에 손을 들어 올렸다. 그러고는 방금 들어온 사람의 얼굴 반쪽을 가려보고는 동시에 입을 열었다.

"겸쓰, 저 사람 임우진이지?"

"맞는 거 같네."

"멋있다. 누구는 욕먹을 때 누구는 선생님 소리 듣고. 아, 열심히 살아야지."

임우진이라는 I.J의 디자이너로, 모노클이 트레이드마크인 사람이었다. 모노클을 벗은 모습을 처음 봤기에 잠시 헷갈렸을 뿐, 세계 패션업계에서 실력으로 인정받는 한국인 디자이너였기에 TV에서도 자주 소개되어 알고 있었다.

"겸쓰, 저기 다 I.J 사람들인가 보다!"

"아닐걸."

"뭐가 아니야. 전부 다 인사하고 그러는데."

"유니폼 입은 사람들은 직원 맞는 거 같아. 그리고 저기 지금 들어온 백인하고 아까 온 정장 입은 백인도 인사하는 거 보면 직원 같고."

"그럼 다 직원이잖아."

"저 흑인은 아닌 거 같거든. 그냥 친한 형 대하듯 손 흔들잖아. 유니폼도 안 입고 있고."

"너, 이씨! 흑인 사진 찍으려고 말 막 뱉는 거지!"

"찍긴 찍을 거야."

"엄청 당당해서 약속이라도 잡은 줄 알았네."

"음, 부탁은 해봐야지. 문제가 있긴 하지만⋯⋯."

한겸은 어깨를 으쓱거리고는 식사를 끝내고 나갈 때 말을 걸어볼 생각으로 서둘러 식사를 시작했다. 임우진이라는 유명한 디자이너를 봐서 신기한 마음은 있었지만, 임우진에 관한 것은 그것뿐이었다. 지금은 임우진이 아닌 흑인에 대한 관심이 더 커진 상태였다. 지금도 피부색이 다양한 사이에서 무척 자연스럽고 편하게 행동하고 있었다. 게다가 몸이 불편해 보이는 데도 표정 또한 무척이나 밝았다. 회사에서 본 고길수의 사진과 비슷한 느낌이었다.

*　　　　　*　　　　　*

잠시 뒤, 식사를 마치고 식당 밖으로 나온 한겸은 흑인이 나오길 기다렸다.

"겸쓰, 어디에 전화해?"
"확인할 게 있어서. 다들 먼저 가. 난 경용 씨하고 스튜디오 들렀다 갈 테니까."
"어떻게 그래. 같이 기다려."
"경용 씨, 조금만 기다려 주세요."

경용에게 양해를 구할 때 통화가 연결되었다.

"부장님, 주무셨어요?"

―아직 안 잤죠. 내일 행사 준비하느라고 아직 행사장입니다. 그런데 어쩐 일로 먼저 연락을 주셨어요?

"궁금한 게 있어서요. 혹시 제가 저번에 말했던 가상공간에서 뭐 탈 수 있게 하는 건 개발 중인가요?"

―네? 아! 그거요. 그건 아직이죠.

"그럼 몸이 불편하신 분들은 어떻게 체험하고 있어요?"

―저번에 연성 씨 체험할 때 보신 것처럼 저희 진행 요원들이 부축해서 진행하고 있죠.

"개발은 되는 거예요?"

―그렇긴 한데 시간이 좀 필요하더라고요. 아무래도 실제로 걷는 게 타는 것보다 체감도가 높다고 그래서 걷는 거부터 완벽하게 진행이 될 거 같아요.

"음, 그렇구나. 그럼 당장은 힘들겠네요."

―그렇죠. 그래도 머지않아 개발될 것 같습니다. 지금도 데이터가 엄청 쌓이는 중입니다. 홍보도 하고 행사도 하고 데이터도 쌓고. 얻는 게 많습니다. 그런데 갑자기 그거 때문에 연락 주신 거예요?

"네, 궁금해서요. 알겠습니다. 바쁘신데 감사해요."

한겸은 약간 아쉽다는 표정으로 통화를 마쳤다. 통화 내용을 들은 팀원들은 한겸이 왜 아쉬워하는지 단번에 알아차렸다. 그중 수정은 한겸과 마찬가지로 고민하는 표정으로 입을 열었다.

"연성 씨도 정적인데 아까 그 사람까지 정적이면 좀 그렇지?"

"응, 그래서 연락해 본 건데 가상공간에서 탈 수 있는 건 아직 개발 안 됐다네."

"그럼 어떡할 건데?"

"그래도 찍어보려고."

"괜찮을까?"

한겸도 확답을 할 수 없었다. 그러자 종훈이 조심스럽게 의견을 내놓았다.

"내 생각은 찍는 게 맞는 거 같아. 우리가 지금 만드는 가장 큰 주제가 장애인도 다 같은 사람이라는 주제잖아. 그러니까 우리부터 그런 생각을 갖고 찍어야 되는 거 아닐까?"

"그렇긴 한데……."

한겸도 그 부분이 신경 쓰였기에 고민을 했던 것이다. 그때, 계단에서 사람들이 내려오는 소리가 들렸다. 한겸과 일행은 급하게 자리를 비켜주었다. 세 사람이 내려오고 있었는데 가장 먼저 내려온 사람은 마른 백인이었고, 빈 휠체어를 들고 있었다. 그리고 엄청난 거구의 백인이 흑인을 안고 내려와 다시 휠체어에 앉혔다. 일행 중 한국인이 없어서인지 영어로 대화를 했고, 그 모습을 보던 한겸은 자신도 모르게 미소를 지었다.

"매튜 실장님 고마워요. 형, 고마워."

매번 있는 일인지 다들 큰 반응을 보이지 않았다. 너무 자연스러운 일상처럼 보였다. 게다가 도움을 받으면 조금 위축될 것도 같은데 흑인은 고마움을 표현하되 위축된 모습은 아니었다. 오히려 더 밝은 모습을 보였다. 그 모습을 보자 사진을 꼭 찍어 가야겠다고 생각한 한겸은 곧바로 앞으로 다가갔다.

"안녕하세요. 아! 헬로."

세 사람은 갑작스러운 한겸의 인사에도 당황한 기색이 없었다. 굉장히 차분한 표정으로 한겸을 쳐다봤다. 그중 휠체어에 앉아 있는 흑인이 미소를 지으며 말했다.

"안녕하세요. 식당에서 뵌 분이시네요."
"네, 네! 맞아요. 한국말 잘하시네요."
"가수 '후' 좋아하거든요. 그래서 배웠어요."
"다름이 아니라 제가 광고 만드는 일을 하고 있는데요 혹시 시간이 되시면 얘기 좀 나눌 수 있을까요?"
"저요?"
"네, 아주 잠깐이면 되는데요."
"전 이제 신입 직원이라서 아무런 힘이 없는데. 옆에 계신 분이 실장님이신데 말씀해 보세요."

아마 I.J에 대해서 얘기를 한다고 오해한 모양이었다. 범찬은 한겸이 직원이 아닐 거라고 말했던 것 때문인지 혼자 중얼거렸다.

"자신 있게 말하더니 직원이네?"

그때, 계단에서 식사를 마친 I.J 사람들이 모두 내려왔다. 한겸은 괜한 오해가 생길 수도 있다는 생각에 서둘러 말했다.

"저희가 모델을 찾고 있거든요. 그런데 그쪽 분이 눈에 들어와서 말씀드려 봅니다."

한겸의 말을 들은 흑인은 이번에도 전혀 당황하지 않았다. 그모습이 더 신선하게 다가왔다. 마치 그런 제의를 많이 받아본 사람처럼 굴었다. 굉장히 차분한 말투로 일행들에게 설명까지 했다. 그때, 식당에서 나온 사람들까지 관심을 보였다. 특히 디자이너 임우진은 자신의 일인 듯 좋아하며 물었다.

"와, 잘됐다. 어떤 광고에 댕이 나오는 거예요?"

한겸도 우진 덕분에 흑인의 이름이 댕이라는 걸 알게 되었다. 댕도 신선한 느낌을 주었는데 우진은 더 신선했다. 말투며 눈빛이며 굉장히 순수하다는 느낌이 들었다. 그때, 뒤에 있던 노인이 혀를 차더니 대화에 끼어들었다.

"댕하고 임 선생하고 둘이 있으면 사기당하기 딱 좋겠고만?"

"댕이 모델 할 수도 있다는데요?"

"모르는 사람이 한 말을 그렇게 쉽게 믿는 게냐?"

한겸은 헛기침을 하고선 급하게 대화에 끼어들었다.

"전 남부법원 쪽에 있는 C AD라는 광고 회사에 다니고 있어요."

한겸의 소개에 I.J 소속의 한국인들은 놀랍다는 표정을 지었고, 뒤늦게 전해 들은 외국인들도 반응을 보였다. 우진이 즐거워하는 표정으로 입을 열었다.

"분마 만든 곳이죠?"

"네, 분마 만든 곳 맞아요. 저희 아시네요."

"예전에 저희 숍에 찾아왔다고 매니저님들한테 들었어요. 매니저님들이 안 한 거 후회하셨거든요."

분마를 처음 기획할 때 의상 때문에 종훈과 수정이 여기저기 들쑤시고 다녔던 기억이 났다. 회사 이름을 알리자 의심의 눈초리를 보내던 노인도 신기해하며 쳐다봤다.

"그런데 댕한테 모델을 제안하신 거예요?"

"네, 저희가 이번에 준비하는 광고하고 잘 어울릴 거 같아 보여서 잠시 얘기 좀 했으면 해서요."
  "와, 댕 좋겠다."

  그러자 댕이 손사래를 치며 급하게 말했다.

  "저 안 할 거예요."
  "왜? 모델 해보면 좋잖아."
  "저 바쁘잖아요. 저 나가면 카우 형 혼자 일해야 돼요. 그리고
이 주 뒤에 형이랑 저 뉴욕 지점에 파견 가잖아요."
  "카우 씨도 괜찮다고 할걸? 그리고 아직 기간 많이 남았잖아."

  그러자 덩치 큰 외국인이 고개를 끄덕거렸다. 한겸은 좀처럼
저 사람들의 관계가 정리되지 않았다. 단순히 일행으로 보기에
는 너무 가까워 보였다. 그런 사람의 허락이 떨어지자 댕이 고민
을 하는 시늉을 했다. 아직 정해진 것도 아니었기에 부담을 줄
생각은 없어서 한겸은 서둘러 입을 열었다.

  "오늘은 사진만 찍어 가도 되거든요. 바쁘시더라도 사진만 부
탁드려요."
  "여기서요?"
  "네, 어디서든 괜찮아요."
  "그런데 어떤 광고인데요?"
  "성별, 직위, 피부색, 장애에 상관없이 사람은 같다라는 걸 알
리려는 광고예요."

댕은 가만히 생각하더니 아무렇지도 않은 표정으로 질문을
했다.

"아하. 그럼 전 피부색이에요, 장애예요?"
"피부색이요. 표정이 밝으셔서 말씀드리는 거예요."
"그렇구나. 그럼 오늘은 사진만 찍는 거죠? 카메라 테스트 맞
아요?"
"네, 그리고 저희가 연락을 드릴게요."
"알겠어요. 보름 뒤에는 제가 바쁜데 그 전에 가능한가요?"
"스케줄은 저희가 맞춰야죠."
"음, 알겠어요. 그럼 제가 어떻게 하고 있으면 돼요?"
"편하게 계시면 돼요."
"네! 잠시만요. 먼저 들어가 계세요. 저 사진만 찍고 갈게요."

한겸이 팀원들을 보자 이미 촬영 준비를 마친 상태였다. 그리
고 사진을 찍으려 할 때, 갑자기 지나가던 사람들이 멈춰 서더니
사진을 찍기 시작했다.

"마스터 임!"
"임우진이다!"

C AD 식구들과 I.J 직원들이 함께 있었기에 인원수가 상당
히 많았다. 그러다 보니 사람들이 관심을 보였고, 그중에 우진을

알아본 것이었다. 한두 명으로 시작되는가 싶더니 사람들이 금세 늘어났다. 엄청나게 다양한 언어로 우진을 불러대더니 이제는 가까이 다가오기까지 했다. 우진은 굉장히 순수한 표정으로 그런 사람들과 일일이 인사를 나눴고, I.J 직원들은 못 말린다며 고개를 저었다. 그중 노인이 한겸에게 말했다.

"여기서는 힘들 것 같으니 일단 우리 숍으로 가서 촬영하는 걸로 합시다. 다들 임 선생 좀 도와주고 댕은 나랑 가자."

노인의 말이 끝남과 동시에 I.J 사람들은 우진을 둘러싸고 이동했고, 한겸은 노인을 따라 걸음을 옮겼다.

*   *   *

I.J에 자리한 한겸은 지금 자리가 가시방석처럼 느껴졌다. 확인이 안 된 상태였기에 사진만 찍어 갈 생각이었는데 안내를 받은 곳은 너무나 화려한 곳이었다. 게다가 댕을 꾸며준다며 데리고 간 탓에 C AD 팀원들만 덩그러니 놓여 있었다. 한겸은 자신만 불편한가 싶은 마음에 옆을 보니 경용과 팀원들 모두 긴장한 표정으로 두리번거리고 있었다.

"크큭."
"갑자기 왜 웃어."
"우리 촌놈 같아서. 아무 말도 안 하고 다들 두리번거리고 있잖아. 다들 긴장 좀 풀자."

"겸쓰, 네가 우리 중에 제일 촌놈 같거든? 너 지금 폼이 척추로만 앉아 있는 거 같아. 좀 엉덩이 좀 뒤로 밀어서 편하게 앉아."

범찬의 말이 끝나는 동시에 다른 네 명이 엉덩이를 뒤로 밀었다. 그러고는 서로를 보며 웃긴지 피식거렸다. 덕분에 긴장이 좀 가셨는지 대화가 오가기 시작했다.

"아까 들어올 때 1층에 사람들 많아서 차라리 밖에서 찍는 게 낫겠다고 생각했는데 이런 곳도 있었네. 그런데 겸쓰 네가 좀 제대로 얘기하지 그랬어. 사진만 찍어 가면 되는데 뭘 얼마나 꾸미려고 데려간 거야."

"아까 임우진 옆에 붙어 있던 머리 짧은 여자분 있잖아. 그 실장님이 메이크업 같은 거 담당한다고 하더라고."

"이야, 진짜 숍에 별게 다 있구나. 그나저나 몸도 불편한데 보안 팀은 어떻게 하나 몰라."

"너, 마인드……."

"아나! 그거 하지 말라고. 일반적으로 휠체어 타고 보안 팀 하는 게 이상하잖아."

잠시 뒤, 뒤쪽에서 문이 열리더니 모노클을 착용한 우진과 마른 백인이 들어왔고, 곧이어 흑인이 들어왔다. 흑인을 보는 순간 한겸은 너무 혼란스러웠다. 방금 전에는 분명히 휠체어에 앉아 있있고, 다리가 아에 없었는데 지금은 멀쩡히 서 있었다.

"놀라시네. 의수예요."

"아, 완전 다른 느낌이네요."

"아직 익숙하지가 않아서요. 그런데 저 너무 꾸몄나요?"

"괜찮아요. 멋있으세요."

댕은 검은색 정장을 입고 있었고, 마치 외국 영화에 나오는 첩보원 같은 느낌이었다. 다들 놀란 표정으로 댕을 보고 있을 때, 함께 들어 온 우진이 웃으며 말했다.

"검은색이 엄청 잘 어울리죠?"

"그러네요."

"댕이 혼혈이라서 피부가 약간 밝은 편이에요. 젯블랙과 콜을 섞은 정도거든요. 그래서 이렇게 입혀봤어요. 전에 만들어놓은 정장인데 지금은 임시 가봉으로 댕한테 맞춰놓은 상태고요. 이 원단이 저희가 개발해서 제작한 원단이거든요. 송연묵으로 염색을 한 거라서 살짝 청색빛도 보일 거예요."

"아, 네."

"그리고 와이셔츠도……."

우진이 알아듣지도 못하는 설명을 계속 하려할 때, 매튜라고 소개한 남자가 우진을 제지했다.

"그만하셔도 됩니다. 이분들은 옷을 맞추는 고객이 아닙니다. 댕을 촬영하러 온 건데 그거까지 설명하실 필요는 없습니다."

"아! 그렇지. 그럼 댕 촬영 잘해주세요. 광고가 아까 듣기로는 장애인에 관한 내용이라던데 어떤 내용이에요?"

한겸은 너무 난감한 나머지 헛웃음이 나올 뻔했다. 옷은 윈드에 있는 아이템을 걸치고 나오는 것이었기에 저렇게 꾸밀 필요가 없었다.

"윈드라고 아세요?"

"어! 알아요! 해보진 않았는데 얘기는 많이 들었어요. 게임 광고인 거예요?"

"이번에 제작할 광고 중 한 부분이 윈드 가상공간을 이용해서 피부색에 상관없이 즐기는 건 똑같다는 내용이 될 거예요."

"아하! 그럼 의상이 저럴 필요가 없었네요. 그럼 조금 기다려주실래요? 최대한 비슷한 이미지를 만들어 올게요."

너무 열정적인 우진의 모습에 한겸은 급하게 손을 저었다. 괜히 젊은 나이에 성공을 하는 게 아니었다.

"이대로 해도 돼요."

"그렇구나. 그럼 모델 확정 발표는 언제 되는 거예요?"

너무 꾸민 댕 때문에 꼭 발표를 해야 할 것 같은 느낌까지 들었다.

"발표는 아니고 저희가 연락을 드릴 거예요. 그런데 저희가 여기서 촬영을 해도 되나요?"

"그럼요. 오늘은 예약이 없어서 괜찮아요. 그럼 전 잠시 빠져 있을게요. 구경은 해도 괜찮나요?"

"그럼요. 구경하셔도 돼요."

"댕! 잘해!"

우진이 구석에 자리 잡은 모습을 확인한 한겸은 곧바로 촬영을 시작했다. 사실 촬영이라고 할 것도 없는데 너무 꾸민 탓에 열심히 찍게 되었다. 한참을 찍던 한겸이 이제 된 것 같아 촬영을 멈추려 하자 범찬이 복화술을 하듯 말했다.

"겸쓰, 더 찍어!"

"충분한데?"

"저기 저 사람 커피 타고 있어! 진짜 디자이너라는 사람이 커피 타고 있어."

고개를 돌려보니 우진이 구석에서 열심히 커피를 타고 있었다. 순간 한 대표 대신 모델을 해도 색이 보이지 않을까 하는 생각이 들며 미소가 지어졌다. 그때, 조용히 문이 열리더니 I.J 직원으로 보이는 사람들이 들어왔다. 한국 사람들이 대부분이었지만, 외국인도 상당히 많았다. 촬영에 방해가 될 거라고 생각해서

인지 전부 입을 다물고 있었지만, 모든 사람들이 전부 댕을 향해 따뜻한 눈빛을 보내고 있었다.

'이런 분위기에서 일을 해서 표정이 좋은 거였나?'

사람들이 오자 댕의 표정이 더 밝아졌다. 찍고 있는 한겸이나 댕을 지켜보는 팀원들까지 기분좋게 만드는 표정이었다. 가만히 보던 한겸은 피식 웃고는 고개를 돌려 우진에게 말했다.

"저희 촬영 끝났는데 같이 찍으실래요?"
"아! 전 마음대로 촬영하면 안 돼서요. 죄송해요."
"네?"
"저희 대표님이 제가 I.J 얼굴이라서 사진을 찍을 땐 꼭 꾸미고 찍으라고 하시거든요. 지금은 안 계시지만 나중에 알면 난리 나서요."
"아니, 아니요! 저하고 말고요. 댕 씨가 꾸민 김에 같이 찍으시는 게 어떨까 해서요."
"아! 그 말이었어요?"

우진은 환하게 웃더니 댕의 옆으로 갔다. 그러고는 다른 직원들도 전부 불러 모았다. 그러자 댕의 표정이 더 밝아졌고, 덩달아 한겸도 미소를 지었다.

*   *   *

한겸은 경용의 스튜디오에 들렀고, 먼저 C AD로 돌아온 팀원들은 피곤해하는 표정으로 자리에 앉았다. 범찬은 의자에 눕듯이 등을 기댄 채 입을 열었다.

"신기하단 말이야."
"또 뭐가 신기해?"
"아까 그 디자이너 말이야. 겸쓰랑 비슷하지 않아?"
"뭐가 비슷해. 솔직히 난 좀 어리바리한 거 같아 보이던데. 이래도 실실, 저래도 실실거리잖아."
"그러니까 겸쓰가 조금만 어리바리했으면 저랬을 거 같단 말이지. 겸쓰는 광고에 미쳐 있고, 그 사람은 옷에 미쳐 있고. 아까 봤지? 옷 설명하는 거."

수정도 그 부분은 동의했고, 가만히 듣던 종훈이 웃으며 대화에 끼어들었다.

"난 너무 좋던데. 다들 친해 보이고 우리가 하려던 광고하고 딱 맞아. 진짜 피부색에 상관없이 친구 같은… 친구보다는 가족 같은 느낌?"
"에이, 돈 잘 벌고 복지 좋으면 다 그런 거죠. 우리도 사무실 식구들 봐요. 다 친하잖아요. 일단 잘되면 분위기가 좋은 거예요."
"하하하. 그런 건가?"

"농담인데 뭘 또 그런 거래."

수정은 범찬을 보며 한숨을 뱉고는 입을 열었다.

"또 이상한 소리 하지 말고 사진이나 나눠 줘. 한겸이 오기 전에 작업해 두게."
"아! 맞다!"
"그러네. 한겸이가 말은 안 했어도 엄청 기대했잖아. 해두는 게 낫겠다."

세 사람은 곧바로 사진을 나눈 뒤 작업을 시작했다. 그동안 한겸과 일했던 경험 때문인지 여러 가지 버전으로 준비했다. 한참 뒤, 작업이 거의 끝나갈 때쯤 계단을 뛰어 올라오는 소리가 들렸다.

"겸쓰 오나 보다! 와, 사무실에서까지 소리가 들려!"

범찬의 말이 끝나기 무섭게 한겸이 기획 팀 사무실로 들어왔다. 그리고는 아무런 말도 없이 웃으며 팀원들을 쳐다봤다.

"왜 재수 없게 웃으면서 눈은 또 왜 그렇게 깜빡거리는데!"
"했어?"
"했어. 다 했어. 그 사진에 있는 사람들까지 다 했어!"
"그 사람들도?"

"나중에 시킬까 봐 혹시 몰라서 했어."

"잘했어! 바로 보내줘!"

"아니, 이 양심 없는 놈이. 우리가 이거 얘기해 줬으면 너도 음악 어떻게 됐는지 얘기해 줘야지. 너만 보고받냐?"

한겸은 씨익 웃더니 엄지손가락을 들어 올렸다.

"진짜 좋아. 아직 연결은 안 되는데 음악 자체가 긴장감을 주기도 하고 따뜻한 느낌도 들고 그래. 경용 씨가 고생 많이 했어. 내 메일에 있으니까 다들 들어봐."

"오케이."

한겸은 서둘러 자리에 앉았다. 그러고는 곧바로 팀원들이 보낸 파일을 살펴보기 시작했다. 첫 장을 살펴보던 한겸은 곧바로 손가락을 튕겼다.

"어, 됐다. 댕 이 사람 됐다!"

"뭐야, 벌써?"

"어! 완전 괜찮은데? 고길수 씨하고 딱 어울려! 진짜 고길수 씨도 표정이 좋은데 같이 있으니까 분위기 자체가 너무 좋아. 오히려 연성 씨가 죽는 느낌까지 받는데? 진짜 잘했어."

한겸이 굉장히 신이 난 표정으로 포스터를 보자 범찬이 만족해하는 표정으로 팔짱을 꼈다.

"그 정도는 뭐 보통이지. 다른 것도 많아. 내 고생이 헛되지 않게 다른 것도 세세하게 살펴봐라."

"그러려고. 고생했어."

한겸은 웃으며 남아 있는 포스터들을 쳐다봤다. 대부분의 포스터에서 댕이 어디를 보고 있든 노란색으로 보였다. 한겸은 댕을 꼭 섭외해야겠다고 생각하며 포스터를 넘겼다. 그때, 고길수의 자리에 다른 사람이 자리하고 있는 포스터가 눈에 들어왔다. 매튜라고 소개했던 마른 백인이었다. 그런데 이 사람 역시 색이 보이고 있었다. 고길수와는 조금 다르게 차분해 보였지만 따뜻한 느낌은 그대로였다.

"어? 이 사람도 괜찮네."

"다 내가 잘해서 그래."

한겸은 신기하단 표정으로 다음 장을 넘겼다. 다음 장에는 또 아까 본 거구의 백인이 있었고, 그 사람 역시 노란색으로 보였다.

'I.J가 세계적인 브랜드라서 그런가. 피부색에 편견이 없나 보네.'

선택지가 넓어졌다. 색이 보이는 사람들의 의견을 들은 건 아니었지만 설득을 하면 된다고 생각한 한겸은 콧구멍까지 벌렁거리며 좋아했다.

"고길수 씨와 댕이 느낌은 가장 좋은 거 같네. 이대로 하는 게 좋겠지?"

"그럼 길수 형님한테 말해야겠네? 아, 그럼 수민 누님은 뭐라고 하지?"

"있는 그대로 말해야지."

"좀 미안하잖아. 그리고 길수 형님이 수민 누님 안 하신다고 하면 안 한다고 하는 거 아닌가 모르겠네."

"잘 얘기해야지. 아직 시간 많아. DooD도 한 달은 걸린다고 했고… 아!"

"왜! 갑자기 불안하게 왜!"

한겸은 갑자기 인상을 쓰더니 다급한 목소리로 질문을 했다.

"아까 댕!"

"땡!"

"좀! 장난하지 말고. 댕 씨, 아까 보름 뒤에 어디 간다고 그러지 않았어?"

"뉴욕 지점에 파견 간다고 그러던 거 같던데? 그런데 아까 보안 팀이라고 그랬는데 이상하다. 경비도 무슨 파견 가고 그러냐? 아! 마인드가 썩은 게 아니라 궁금한 거다!"

"아… 뉴욕 간다고 그랬지."

"에이, 뭘 걱정이야. 무슨 교육받고 금방 오겠지."

"그러겠지? 그래도 일단 확인부터 해야겠다."

"또 I.J 가려고?"

한겸은 대답도 하지 않고 서둘러 사무실을 나왔다.

＊　　　　＊　　　　＊

I.J를 다시 찾은 한겸은 아까 있던 응접실이 아닌 사무실에 자리했다. 보안 팀이라고 그래서 경비 쪽 업무인가 생각했는데 I.J의 온라인 업무를 총괄하는 부서였다. 자신의 예상과 빗나가다 보니 한겸은 더 긴장한 채 뎅의 대답을 기다렸다.

"저는 담당이 아니라 보조라서 잘 모르겠는데 아마 I.J 뉴욕 지점이 자리 잡을 때까지 있을 거 같은데요? 아마 1년 정도고요."

"아… 그럼 혹시 중간에 한국에 들어올 계획은 없으신가요?"

"그건 모르겠어요. 벌써부터 기다리는 고객들이 넘쳐나서 문제거든요."

한겸은 어떻게 해야 될지 방법을 떠올렸다. 뉴욕으로 가서 촬영을 해야 하나, 아니면 뎅을 한국으로 들어오라고 해야 하나 생각했지만, 확실한 답이 떠오르지 않았다. 눈앞에 보이던 결승선이 멀어지는 느낌이었다.

                    *   *   *

　한겸은 댕을 놓칠 수 없다는 생각에 잠시 양해를 구하고는 계
단으로 나왔다. 그러고는 곧바로 DooD의 진혁에게 전화를 걸었
다.

　—어우, 김 프로님.

　잠긴 목소리를 봐선 자고 있었던 모양이었다. 미안하긴 했지
만, 반드시 확인을 해야 했다.

　"주무시는데 죄송해요."
　—아닙니다.
　"다름이 아니라 한국에 좀 더 빨리 올 계획은 없는 건가 해서
요."
　—네? 지금 반응이 너무 좋아서 늘어나면 늘어났지 줄어들진
않죠.
　"그럼 한국에 장비들 추가는 언제쯤 생각하고 계세요?"
　—지금 추가할 계획은 없죠. 개발 단계라서 계속 바뀌는 이유
도 있는데 지금 저희가 가지고 있는 장비들도 너무 많아져서 문
제인걸요.
　"아……."
　—무슨 일 있으신 거예요?
　"네, 모델을 찾았거든요."

─저희가 보낸 영상에서요?

"아니요. 저희가 직접 찾았습니다."

한겸은 전화를 건 이유를 자세히 설명했다. 하지만 진혁이라고 뾰족한 수가 있을 리가 없었다.

─저희가 행사하는 쪽으로 오라고 하시면 되지 않을까요? 그럼 저희가 촬영해서 김 프로님께 보내면 될 거 같은데요?

"바쁘시대요. 그리고 확인부터 하고 촬영을 해야 돼서요."

─그게 아니라 내일이라도 당장 오시면 될 거 같은데요. 시카고로 오시면 제가 힘써보겠습니다.

진혁이 팔 걷고 도와주려고 했지만, 자신이 댕이라고 해도 힘든 일일 것 같았다.

"일단 알았습니다. 주무시는데 죄송해요."

─아닙니다. 다 저희 좋으라고 하시는 건데 언제든지 연락주세요.

통화를 마친 한겸은 다시 댕이 있는 사무실로 들어갔다. 모두가 바쁘게 일하고 있는 모습에 지금 자신이 하는 일이 민폐가 될 수도 있다고 생각했다. 자신이 이기적이라는 걸 느끼고 있었지만 이대로 물러날 순 없었기에 다시 댕에게 말을 걸었다. 진혁이 한 제안을 꺼냈고, 혹시나 예상과 다른 대답이 나오길 기다렸다.

"그건 힘들죠. 제가 신입이긴 하지만 제가 빠지면 제 일을 나눠야 하잖아요. 지금 다른 분들도 뭐더라. 인계? 업무를 전달받고 있는 중이라서 안 돼요."

"디자이너님께 말씀을 드려보시면 어떨까요?"

"에이! 그러진 마세요. 저 파견 가는 것도 형이랑 같이 갈 수 있게 엄청 신경 써주신 거예요. 아! 저기 있는 사람이 우리 형이에요."

댕이 가리킨 쪽을 보자 거구의 백인이 고개를 살짝 숙여 인사했다. 아까도 봤었지만, 좀처럼 이해가 되지 않았다. 그런 한겸의 표정 때문인지 댕이 웃으며 말했다.

"아빠가 달라요."

"아, 그렇군요."

"지금은 엄마도 돌아가셔서 형이 제 보호자거든요. 보시다시피 제가 다리가 없어서 혼자 있는 게 좀 그래요. 그래서 선생님이 형이랑 같이 파견갈 수 있도록 신경 써주신 거고요."

한겸은 더 이상 부담을 줘선 안 된다고 생각했지만, 아쉬움 때문에 몸이 일으켜지지가 않았다. 그러자 댕도 미안해하는 표정을 짓고는 입을 열었다.

"꼭 흑인이 필요하신 거죠?"

"네, 구도상 그래요."

"저보다 더 괜찮은 분으로 구하실 거예요."

"댕 씨보다 괜찮은 분이 없었습니다."

댕은 기분 좋은지 씨익 웃고는 말했다.

"감사하긴 한데 전 안 될 거 같아요. 그런데 저의 어떤 부분을 보고 모델 제안을 하셨어요? 얘기를 듣다 보니까 그냥 흑인이라서 그런 건 아닌 거 같아서요."

"피부색에 편견이 없는 거 같아 보였어요. 그리고 확인해 보니까 잘 어울렸고요. 아! 제가 급한 나머지 포스터를 안 보여 드렸네요."

한겸은 혹시나 하는 마음에 서둘러 태블릿 PC에 포스터를 띄웠다.

"옷이 필요없다는 말이 이 뜻이었네요. 멋있다. 여기가 어디예요?"

"윈드로 만든 가상공간입니다. 윈드 하시죠?"

"어? 어떻게 아셨어요?"

"잘 어울리셔서요."

댕은 신기하다는 표정으로 한겸을 쳐다봤고, 한겸은 조금 통했다는 생각에 서둘러 말을 이었다.

"옆에 계신 분도 저희가 섭외 중인 분인데 댕 씨의 밝은 표정과 잘 어울려요."

"멋있긴 하네요. 그런데 아무리 생각해도 저보다 잘 어울리는 분들이 많을 거 같아요."

"없었습니다."

또 다시 한겸은 제안하고 댕은 거절하는 상황이 반복되었다. 아무래도 댕은 힘들 것 같다고 생각할 때, 식당에서 봤던 매튜라는 백인이 앞을 지나쳐갔다. 순간 한겸은 C AD 사무실에서 봤던 포스터가 떠올랐다.

"혹시 I.J에 댕 씨 말고 다른 흑인분도 계신가요?"

"여긴 저밖에 없어요. 대신 고객들 중에는 많아요. 아! 그런데 저희 숍에서 고객분들한테 피해 가는 행동 하시면 쫓겨나실 거예요."

"그럴 일 없을 거예요."

아마도 조건에 맞지 않을 것이었기에 귀찮게 할 일은 없었다. 고길수와 댕이 색이 보이는 데에는 공통점이 있었다. 카우나 매튜의 경우를 봐서는 단순히 밝은 표정 때문에 색이 보이는 건 아니었다. 두 사람은 피부색에 편견이 없는 것은 물론이고 한국어를 할 줄 알았다. 아마 광고를 하는 곳이 한국이라서라고 추측했다. 그런데 I.J를 방문하는 사람들은 대부분 쇼핑을 하러 온 외국인들이었기에 색이 보이지 않을 것이었다.

"후, 댕 씨처럼 피부색에 연연하지 않고 지내는 분을 찾기가 어렵네요."

"그런데 정말 신기하신 거 같아요."

"저요?"

"제가 그런 사람이라는 건 어떻게 아셨어요?"

"식당에서 대화하는 거 보다 보니까 그럴 거 같았어요."

"그 짧은 사이에요? 하긴 뭐, 우리 선생님도 짧은 시간에 어울리는 옷 만들고 그러니까요. 그런데 저도 사실 원래는 제 피부색이 싫었어요. 태어난 곳이 태국이거든요. 엄마가 태국 사람이에요."

"그랬군요."

"그래서 어려서부터 계속 차별을 받고 컸어요. 저도 그게 몸에 배서 항상 위축되어 있었고요. 그런데 한국에 오고 나서 달라졌어요."

한겸은 다른 모델을 구하는 데 도움이 될까 싶은 마음에 귀를 기울였다.

"한국도 흑인에 대해서 그렇게 관대한 편은 아니잖아요."

"그렇긴 하죠. 흑형이라고 그러면서 친근하게 대하면서도 속으로는 가난하다고 생각하는 사람이 많죠. 그래서 한국에서도 사실 많이 위축되어 있었어요. 형이랑 피부색도 다르니까 더 그렇고요. 그런데 여기 I.J 식구들 덕분에 많이 바뀌었어요."

"가족 같은 분위기로 보이더라고요."

"그것도 그런데 선생님을 보면서 바뀌었죠."

"임우진 디자이너 말씀하시는 거예요?"

"네. 선생님은 어떤 사람이 오든 그 사람의 장점을 찾아서 부각시키거든요."

"그래서 자신감을 얻는다는 그런 말씀인 건가요?"

댕은 미소를 지은 채 답이 아니라는 듯 고개를 저었다.

"자신도 모르던 장점을 알게끔 해줘요. 그게 피부색이 될 때도 있고, 콤플렉스를 갖고 있던 신체의 일부분일 때도 있고 그래요. 그래서 그 부분을 스스로 받아들이게 만들더라고요."

"아하."

"저만 해도 그렇잖아요. 다리 없는 흑인이라 사람들 시선이 집중되는데 처음에는 그게 너무 싫더라고요. 그런데 선생님은 아무렇지도 않게 받아들이시고 그 부분을 보완할 수 있는 옷도 만들어주시더라고요."

"패션으로 단점을 보완한다라는 건가요?"

"그게 아니라요! 기왕 관심을 받을 바에는 최대한 자신이 뽐낼 수 있는 가장 멋진 모습을 보여주자는 말이에요. 한국에서 흑인이, 그것도 휠체어까지 타고 다니는데 뭘 어떻게 하든 쳐다보는 건 당연하잖아요."

한겸은 신선한 사고방식에 재미있다는 듯 웃었다.

"기왕 관심을 받을 바엔 최고로 멋있는 모습을 보여주자라. 그러니까 스스로 다름을 인정하고 받아들이라는 뜻이군요."

"어? 맞아요! 그거! 생각해 보니까 나도 흑인이지만 다른 흑인이 휠체어 타고 돌아다니면 쳐다볼 거 같더라고요. 그렇게 생각하니까 마음이 편해졌어요. 흑인으로 태어난 걸 어떻게 바꿀 수도 없잖아요. 사고 난 걸 물릴 수도 없고요. 스스로 다름을 인정하고 받아들이면 상대방도 편하게 대하더라고요. 가끔 흘려 넘기기 어려운 말도 들리긴 하는데 그냥 마음 아프긴 해도 그 사람 생각이 나랑 다르니까 하고 넘기게 되기도 하고요."

"이유 없이 나쁜 말을 들으면 화를 내든 뭐라고 해야죠."

"그럴 필요 없어요. 그냥 한 번 노려보고 넘겨요. 흑인이 노려보면 얼마나 무서운데요."

한겸은 댕이 밝은 이유가 I.J 때문이라는 것을 알았다. 다른 사람들은 모르겠지만, 댕은 확실히 다름을 인정하고 받아들이고 있었다. 그래서인지 남들보다 더 여유롭고 밝아 보이는 것 같았다. 그러다 보니 댕을 놓치는 게 더 아쉬웠다.

"정말 안 될까요?"

"뭐가요?"

"모델이요."

"또 그 얘기예요?"

한겸도 더 이상 조르는 것도 실례라고 생각하며 포기하려 했다. 그때, 범찬으로부터 전화가 걸려왔다.

"미팅 중이야. 용건만 말해."

─아직도? 길수 형님이 수민 누님도 같이하는 거냐고 물어봐서 연락했어.

"내가 얘기할게."

─저번에도 말했듯이 길수 형님 눈치가 수민 누님이 같이 안 하면 안 할 거 같던데.

"하… 일단 아! 야, 끊어봐."

한겸은 급하게 통화를 종료하고는 댕을 쳐다봤다.

"저 예약하고 싶은데요!"

"네?"

"임우진 디자이너에게 예약을 하고 싶어요."

"선생님이요? 제가 고객 관리 팀이 아니라서 잘은 모르겠지만 아마 예약이 꽉 차 있을 거예요. 저번에 듣기로는 1년 정도까지 꽉 차 있다고 들었는데."

"아……."

"갑자기 옷 만드시려고요?"

"제가 아니라 저희 모델 할 분이요."

"저요? 전 안 된다니까요."

한겸은 씨익 웃더니 말을 이었다.

"댕 씨 말고 다른 분이요. 아까 본 포스터의 백인분 아내분이 흑인이시거든요. 그분이 I.J를 이용하면 댕 씨처럼 생각이 바뀔까 해서요."

"아하. 그런 거라면 다른 선생님들한테 예약하셔도 될 거 같은데요. 다들 선생님한테 배우셨거든요. 제가 모델은 못 해드려도 알아봐 드릴 순 있는데 알아봐 드릴까요?"

"네, 아! 잠시만요!"

순간 이곳이 명품이라고 불리는 I.J라는 것이 떠올랐다. 명품 브랜드치고는 가격이 낮은 편이라고는 하나 명품은 명품이었다. 입찰을 받아 광고를 제작하는 것이라면 제작비로 지출할 수 있었지만, 모델로 확정이 된 것도 아니다 보니 순간 아차 싶은 마음에 말을 멈췄다.

"가격은 어떻게 되죠?"

"선생님은 다 다르긴 한데 최근 들어 좀 비싸지셨어요. 저희가 개발한 원단들을 사용하셔서 최하가 천만 원 정도예요."

"아니, 임우진 디자이너 말고요."

"아하! 다른 선생님들도 다르긴 한데 대부분 200만 원으로 시작해요. 원단이나 디자인에 따라 변동되고요. 스케줄부터 알아봐야 될 거 같은데요?"

잘되면 모델을 해달라는 뇌물이 될 수도 있었지만, 잘못하면 단순히 선물로 끝날 수도 있다 보니 고민이 되었다.

'부모님한테도 명품 선물한 적이 없는데… 에이! 몰라.'

색을 보고 싶었던 마음이 컸던 한겸은 결정을 내렸다는 듯 입을 열었다.

"최대한 빨리 제작이 되면서, 실력도 좋으시고, 고객 스스로가 다르다는 걸 받아들일 수 있도록 만들어주실 디자이너분으로 부탁드립니다."
"선생님들 다 실력 좋으세요. 잠시만요."

댕은 어디론가 전화를 하더니 곧바로 예약을 알려주었다.

"가장 빠른 선생님은 최범찬 선생님이시고요. 이틀 뒤 금요일 2시에 가능하시대요. 그 전에는 방문 고객 담당이라서 힘드시다네요."
"최범찬… 이요?"
"네, 저희 선생님 성함이에요."
"다른 분은 없나요?"
"디자인 실장님이신데. 왜 그러세요?"

차마 이름이 마음에 들지 않았다는 말을 할 수가 없었다. 한
겸은 헛기침을 하고는 고개를 끄덕였다.

"그럼 2시에 예약해 주세요. 1층으로 가면 되는 건가요?"
"네, 매니저분들한테 성함 말씀하시면 안내해 주실 거예요.
그날은 미팅만 하게 될 거고요."

예약까지 마친 한겸은 마지막으로 댕에게 인사를 하고는 I.J를
나왔다. 그러고는 곧바로 고길수에게 전화를 걸었다.

*　　　　*　　　　*

며칠 뒤. 한겸은 고길수, 자수민과 함께 I.J에서 기다리는 중이
었다. 가뜩이나 낯을 가리는 수민은 낯선 곳이라 그런지 눈에 보
일 정도로 긴장하고 있었다. 그나마 범찬을 데리고 와서 망정이
지 범찬이 없었더라면 돌아간다고 했을 것이었다.

"누님! 옷 맞추는 건데 뭘 그렇게 떨려 하세요."
"어휴… 이렇게 비싼 선물은 처음이라서 부담돼서."
"제가 말씀드렸죠. 제 친구이자 재벌 2세라고! 물론 자기 입으
로는 재벌 아니라고는 하는데 재벌 맞는 거 같거든요. 그리고 쟤
가 그냥 사주는 성격이 아니에요. 분명히 뽕을 뽑으려고 그러는
거니까 너무 부담 갖지 마세요."

범찬은 너스레를 떨며 수민의 긴장을 풀어주었다. 수민도 범찬이 편해졌는지 범찬에게만은 웃음을 보였다. 그리고 윈드를 계속 했는지 기다리는 동안 세 사람은 윈드에 대해 얘기를 했다. 한겸도 윈드를 알고는 있었지만, 직접 플레이를 한 건 아니라서 대화에 끼어들지 못했다. 거기다 언제 한 건지 세 사람은 길드까지 만들어놓은 상태였다. 당장은 소외감이 들긴 했지만 수민이 긴장을 풀 수만 있다면 괜찮다고 생각하며 기다렸다. 그때, 자리를 안내한 매니저와 함께 디자이너가 다가왔다.

"안녕하세요. 기다리시게 해서 죄송합니다. 전 I.J 디자인 팀 실장을 맡고 있는 최범찬이라고 합니다."

"네, 댕 씨한테 말씀 많이 들었어요. 잘 부탁드립니다."

"저도 댕이 잘 만들어달라고 그러더라고요. 여성분 옷을 제작하시려는 거죠?"

"네, 맞아요."

한겸의 대답을 들은 디자이너가 곧바로 수민에게 다가가 인사를 나누려 할 때 범찬이 먼저 손을 내밀었다.

"성함이 최범찬이세요?"

"네, 맞습니다."

"실례지만, 어데 최 씹니꺼?"

"네?"

범찬이 자신과 같은 이름에 반응을 할 거라는 예상했지만 실제로 보니 어이가 없었다. 한겸은 인상을 찡그린 채 범찬을 봤다. 그러자 범찬이 웃으며 말했다.

"좋은 이름이라서 그런 거예요. 저랑 이름 똑같은 사람 처음 보거든요. 전 C AD 오너 겸 AE 최범찬입니다."

"아! 그러시군요. 그러고 보니까 저도 처음 보네요. 신기한데요?"

"저희 누님 좀 잘 부탁드립니다. 한국말은 저보다 잘하니까 편하게 말씀하시고요. 한국 사람이거든요."

"그렇군요. 제가 영어를 잘 못해서 매니저님과 왔는데 매니저님이 하실 일이 없어져 버렸네요."

사람을 대하는 직업이라서 그런지 디자이너는 범찬의 장난을 무척이나 부드럽게 받아넘기고는 곧바로 수민을 보며 인사를 했다. 수민도 인사를 하긴 했지만, 어색해하는 것이 눈에 보였다.

"평소에 원하시던 스타일이 있으신가요? 정장이나 캐주얼도 괜찮고요. 원피스나 치마, 바지 등 생각하신 스타일이 있으세요?"

"아니요."

"평소에 즐겨 입으시는 스타일은 지금 입으신 스타일이신 건가요?"

"그냥 있어서 입는 옷이에요."

"그러시군요. 잘됐네요. 제가 추천을 드릴 수 있을 것 같습니다. 한번 보시겠어요?"

디자이너 범찬은 가져온 태블릿 PC를 수민에게 보여주며 설명을 시작했다. 한겸도 수민이 과연 바뀔 수 있을지 궁금한 마음에 자리를 옆으로 옮겨 태블릿을 쳐다봤다.

"다 제 디자인들이고요. 아마 비슷한 건 있을 수 있지만 완벽히 똑같은 디자인은 없을 겁니다. I.J가 세상에 하나뿐인 디자인이 모토거든요. 이 중에 마음에 드시는 게 있으시면 말씀해 주시고요. 없으시면 같이 디자인을 생각해 보죠."

얼마나 많은 디자인을 했는지 페이지가 계속 넘어갔다. 그럼에도 수민은 아무런 반응을 보이지 않았다. 그럼에도 디자이너의 친절함은 계속되었다.

"마음에 드시는 게 없으세요?"

"다 마음에 들어요."

"편하게 고르셔도 돼요."

"그게… 저한테 어울릴까 해서요."

"당연히 어울리죠. 사실 디자인이 더 있는데 어울릴 것 같은 옷만 보여 드리고 있는 거예요."

수민은 고민을 하며 디자인을 보다가 한두 개씩 고르기 시작했다. 그러자 앞에서 같이 보던 디자이너가 입을 열었다.

"전부 무난한 디자인들이네요. 튀는 걸 좋아하지 않으시군요."
"네… 그냥 무난한 게 좋아서요."
"그렇군요. 그럼 이건 어떠실까요? 저희 숍에 흑인분들도 많이 오시는데 이런 디자인을 좋아하시더라고요."

흑인이라는 말을 들은 수민의 표정이 약간 씁쓸하게 바뀌었다. 남편인 길수는 곧바로 알아차렸는지 급하게 말을 꺼냈다.

"우리 한국에 살고 있거든요. 이태원에 삽니다."
"아, 네. 그러시군요."
"그래서 아내가 튀는 걸 별로 좋아하지 않아요."
"네? 그게 한국에 사는 것하고 무슨 상관이 있나요?"
"그건 아니지만 그래도 아내가 시선을 많이 신경 쓰는 편이라서요."

디자이너는 눈치가 있는지 상황을 바로 이해한 듯 보였다.

"사람들이 쳐다보는 시선이 신경 쓰이시는군요."
"맞습니다."
"그런데 그럴 필요가 있을까요?"
"네?"

"제가 추천해 드리려는 디자인은 흑인분들한테 가장 잘 어울리는 디자인이에요. 저나 다른 사람들이 입을 순 있지만 흑인분들이 입었을 때와 같은 느낌은 못 주거든요. 괜히 맞지 않는 옷을 입는 게 더 눈에 띄지 않을까요? 각자의 외모에 어울리는 옷을 찾는 거죠."

디자이너는 진지한 표정으로 말을 이었다.

"저희 선생님이 그러셨어요. 아! 저희 임우진 디자이너 선생님 아시나요? 모노클을 끼고 다니시는데 사실은 그게 폼이거든요. 눈 한쪽이 의안이시라서 보이지 않으세요. 아예 콤플렉스를 드러내는 거죠. 스스로 약점을 드러내 약점을 없애는 거예요. 그리고 기왕 관심을 받을 바에는 최대한 멋진 모습으로 관심을 받는 게 좋지 않을까요?"

며칠 전 댕에게서 들었던 말이었다. 확실히 I.J에서는 임우진 디자이너의 영향이 크다는 것이 느껴졌다.

"물론 그게 어렵다는 건 압니다. 고객님 선택이시니까 제가 강요할 수는 없고요. 그런데 피부가 검은 게 단점이라고 생각하지 않습니다. 그렇다고 장점도 아니고요. 그냥 피부색일 뿐이죠."

얘기를 듣고 있던 한겸이 조용히 말을 뱉었다.

"그냥 다를 뿐이죠."

"네! 저 말이 정답이네요. 피부색이 다를 뿐이지 사람인데 옷은 입어야죠. 그중에서 어울리는 옷을 입는 거고요."

아직 말로만 들어서는 모르겠는지 수민의 표정에 큰 변화는 없었다. 그래도 디자이너의 의견은 들어볼 마음은 들은 모양이었다.

"어떤 옷인데요?"

"흑인분들도 피부톤이 다 다르잖아요. 고객님은 그중에서도 조금 더 어두운 편이시고요. 지금 보여 드리는 디자인은 피부색과 옷이 어울리면서 피부색이 옷의 일부분처럼 느껴지도록 디자인한 겁니다."

디자이너는 태블릿에서 디자인을 불러오고는 수민에게 보여 주었다.

"베이스는 드레스인데 원하시면 정장이나 캐주얼로도 가능해요. 그리고 색은 블랙이 기본이되 피부톤보다는 좀 더 밝은 색을 사용할 거예요. 그리고 장식과 옷의 마감 부분에는 화이트가 들어갈 거고 I.J의 로고를 사용해 마감 처리가 될 거고요. 머리가 짧으신데 머리를 붙이는 것보다는 보이시한 느낌을 살리는 게 나을 거 같아요. 그리고 여기서 이렇게 한쪽 어깨를 드러내 섹시함까지 주는 거죠. 그리고 원단을 밝은 블랙 톤으로 가는 이유는 외모를 부각시키는 게 좋을 것 같아서요."

"하하하, 우리 수민이가 미인이죠!"

"네, 아름다우시죠. 진한 색에 눈길이 가거든요. 이건 비밀인데 다른 숍 같았으면 옷을 부각시키려고 색을 더 진하게 사용했을 겁니다."

얘기를 듣던 한겸은 가볍게 웃었다. 확실히 장사를 해서 그런지는 몰라도 들었다 놨다를 잘했다. 수민도 부끄러운 표정을 짓고 있지만, 싫지는 않은 것처럼 보였다.

"이런 디자인 쪽으로 하신다고 하면 제가 세부적으로 디자인을 해서 고객님의 컨펌을 받고 진행하겠습니다."

"이걸로 할게요."

"잘 선택하셨습니다. 최선을 다해 디자인하겠습니다. 오늘은 치수만 재는 걸로 하죠. 그다음은 저희 매니저님이 다음 미팅 날짜를 알려 드릴 거예요. 그럼 그날 뵙겠습니다."

수민은 디자이너의 안내를 받아 안쪽으로 이동했다. 그러자 남아 있던 범찬이 무척이나 만족해하는 표정으로 말했다.

"이름이 좋아서 그런지 말을 끝내주게 하네."

"그러게. 장사 잘하네."

"마음에 드시겠지?"

"그건 모르지. 그런데 여기 참 괜찮네."

"여기? 왜 너도 옷 맞추려고? 이야, 재벌 2세."

"시끄러워."

비록 색을 보기 위해 시작한 광고였지만 사람에 대해 많은 것을 배우고 있었다. 다름을 인정하고 받아들이라는 말은 한겸의 머리에 오래 자리할 것 같았다.

*　　　　*　　　　*

이 주 뒤. 한겸은 만약을 대비해 DooD에서 보낸 영상을 계속해서 보던 중이었다. 보면 볼수록 모델이 한국어를 할 줄 알아야 색이 보인다는 것이 확실해졌다. 그 많은 사람 중에 색이 보이는 사람이 단 한 명도 없었다. 대신 고길수의 친구들 중에는 색이 보이는 사람이 있었다. 다만 문제는 고길수가 자수민과 함께하길 원한다는 것이었다.

수민에게서 색이 보이지 않는다면 백인 모델까지 바꾸는 게 더 빠를 것 같다는 생각이 들었다. 그리고 그건 오늘부로 결정이 날 것이었다. 오늘이 바로 수민의 옷이 나오는 날이었다.

"겸쓰! 수민 누님 이리로 오신대! 길수 형님 말로는 아제슬로 씹어먹었대!"

"벌써? 빨리 가야겠네."

"아니야! 이리로 오신대. 그래서 우노에서 보기로 했어."

"그럼 조금 걸리겠네."

기대된다는 표정을 짓던 한겸이 갑자기 손가락을 튕겼다.

"종훈이 형, 저번에 작업한 거 있죠. 자수민 씨 나오던 거. 그
것 좀 보내주세요."
"지금?"
"네, 바로 보내주세요."

한겸은 방금 전보다 더 기대된다는 표정으로 종훈이 보낸 포
스터를 열었다. 그때, 파일을 보낸 종훈이 조심스럽게 입을 열었
다.

"나랑 수정이가 같이 가도 실례가 아닐까?"
"……."
"실례겠지? 알았어. 그냥 명품에서 옷 맞추면 어떨까 궁금해
서 물어본 거야."
"네? 이거 보고 있느라고요."
"그냥 어떤지 궁금해서 그런 거야."
"아, 멋있을 거예요. 그것도 굉장히! 장난 아니게!"
"어……? 왜 소리를 질러."

포스터 속 자수민이 노랗게 보였다. 그동안의 걱정이 모두 씻
겨 내려가는 기분에 상쾌함마저 들었다. 한겸은 환하게 웃으며
가슴까지 두드리고는 팀원들에게 말했다.

"궁금하면 다 같이 가요. 전 먼저 가서 기다릴게요."

한겸이 내려가자 종훈은 얼떨떨한 표정으로 범찬에게 물었다.

"한겸이 갑자기 왜 저래?"
"저도 모르죠. 아마도… 잘 어울릴 거라고 믿고 싶은 거 아닐까요?"
"그러니까 왜?"
"옷값만 260만 원을 썼는데 그렇게 믿고 싶겠죠. 원래 기본 200인데 디자이너 실장의 새로운 디자인이라고 60만 원 더 받는대요. 우리도 260만 원짜리 옷 어떤지 구경 가요. 가서 멋있으면 우리도 겸쓰한테 사달라고 해요! 갑시다! 방수정, 너도 빨리 와!"

세 사람은 서둘러 한겸이 있는 1층 커피숍으로 향했다. 그런데 커피숍에 한겸이 보이지 않았다.

"사장님, 겸쓰 어디 갔어요?"
"김 프로님 밖에 계세요."
"아, 저기 있네. 마중 나간 거야?"

자리를 잡고 앉은 팀원들은 창밖에 보이는 한겸을 쳐다봤다.

"김한겸은 진짜 독특한 거 같단 말이야."

"겸쓰가 좀 그렇긴 하지."

"나도 동감. 저거 봐. 지금 길거리에서 박수 치고 있어."

세 사람은 박수 치는 한겸을 신기하게 쳐다봤다. 잠시 후 자수민이 등장하자 세 사람은 한겸이 박수 친 이유를 알 것 같았다.

*   *   *

자수민과 마주하고 있는 한겸은 좀처럼 미소가 떠나질 않았다. 보면 볼수록 대단하단 생각에 감탄만 나왔다. 옷이 문제가 아니었다. 물론 옷도 좋았지만, 수민의 표정이 전과는 확실히 달랐다. 얼마 전 I.J에서 봤을 때만 하더라도 굉장히 주변을 의식했다. 지금도 의식을 하고 있지만, 그때와는 달랐다. 전에는 시선을 부담스러워했지만 지금은 여유가 보였다. 수민을 봤던 팀원들도 똑같이 느끼고 있었다. 수민과 친분을 쌓은 범찬이 가장 놀라워했다.

"수민 누님! 진짜 무슨 배우 같은데요?"

"배우는 무슨. 아니야. 옷을 잘 만들어주셔서 그렇지."

"와. 진짜 돈값 하는구나. 그런데 어깨가 너무 내려온 거 아니에요?"

"이 정도는 괜찮아. 시원한데."

"오! 과감해! I.J가 이름값을 하네요."

"진짜 너무 친절하더라. 지금 이 옷으로 끝나는 게 아니라 내가 갖고 있는 옷으로 어떻게 옷을 입어야 되는지도 추천해 주더라고."

"그런 것도 해주고 괜히 명품이 아니네. 그런데 여기까지는 왜 오셨어요."

"아! 김 프로님한테 인사드리려고 왔지."

주변을 시선을 부담스러워하지 않아서인지 수민의 표정은 편안했다. 그래서인지 보는 사람마저도 마음이 편안해졌다.

"김 프로님, 이런 옷 입을 수 있게 해주셔서 감사해요."

"정말 잘 어울리시네요. 그럼 광고모델은 하실 수 있을까요?"

"제가 해도 되나요? 그동안 그런 말씀이 없으셔서요."

"해주셨으면 해요."

"네, 한번 해볼게요."

대화를 듣던 범찬은 어이가 없다는 표정으로 고길수에게 말했다.

"와, 진짜 대단하죠."

"뭐가?"

"겸쓰요! 보통 감사하다고 하면 '아닙니다', 이런 대답을 하잖아요. 그런데 겸쓰는 전혀 그런 게 없어요."

"솔직하고 좋은데. 그나저나 내가 걱정이야."

"형님은 왜요?"

"나도 옷을 맞추든가 해야지."

"겸쓰한테 맞춰달라고 하게요?"

"어떻게 그래. 우리 수민이 옷도 맞춰주셨는데 난 내 돈으로 맞춰야지."

"갑자기 왜요?"

두 사람의 대화를 듣던 일행들도 궁금해하는 표정으로 귀를 기울였다. 그러자 고길수가 장난스럽게 조금 분하다는 표정을 지으며 말했다.

"I.J에서 여기까지 걸어오는데 사람들이 쳐다보잖아."

"그냥 보는 거겠죠."

"아니야. 남녀 모두 패턴이 똑같더라고. 일단 스캔하듯이 수민이부터 쫙 훑고 감탄하더라. 그 있잖아. '오' 이런 거."

"진짜 배우니까 그럴 만하죠."

"그다음이 문제야. 수민이 봤다가 나를 보더라고. 그런데 꼭 나를 보고 의아한 표정으로 고개를 갸우뚱거려! 뭔가 기분이 찜찜해."

"푸하하하. 그래서 쳐다본 게 아니죠! 형님 배 때문에 쳐다보는 거 아니에요?"

"백인인데 배까지 나와서 쳐다보는 건가? 그리고! 배 나온 게 어때서. 이거 다 메뉴 개발하느라 붙은 영광의 지방이야."

배를 두드리는 고길수의 모습에 다들 피식거리며 웃었고, 수민이 길수의 배를 찔러가며 말했다.

"허니가 백인이라서 신기한 게 아니라 너무 빵빵하게 튀어나와서 보는 거야. 그 정도로 튀어나오면 한국 사람이라도 쳐다봤을걸?"

"나 한국 사람인데?"

"그냥 그렇다고. 그러니까 허니도 운동해. 그럼 내가 옷 맞춰줄게."

"진짜지?"

대화만 들어도 확실히 생각이 변했다는 것이 느껴졌다. 한겸은 기분 좋은 미소를 지으며 수민을 봤다.

"그럼 계약하고 나서 촬영 스케줄 잡을게요."

"언제쯤이에요? 가게 문을 닫아야겠죠?"

"이 주 뒤가 될 거 같아요. 아마 연습부터 시작될 거예요. 꽤 오래 걸릴 수도 있고 빨리 끝날 수도 있어서 정확히 말씀드리긴 힘들어요."

"그럼 예약은 받지 말아야겠네요."

"네, 그리고 촬영 전에 같이 촬영하는 분하고 만나게 해드릴게요. 연성 씨라고, 메인모델이거든요."

"가게로 오면 되겠네요. 음식도 대접할 겸. 다 같이 오세요.

제가 가장 잘하는 요리로 대접할게요."

한겸이 옷을 선물한 덕분인지 수민의 태도는 무척이나 긍정적
이었다. 그동안 색이 보일까 애를 태운 것에 대한 보답을 하듯
일이 일사천리로 진행되었다.

      *   *   *

한겸은 사무실에서 오랜만에 우범과 일에 대해 얘기를 했다.
아직 광고 제작이 끝나진 않았지만 이제 사무실의 도움을 받아
야 할 시기였다. 중간 보고를 하며 결과물을 보여주긴 했었기에
우범도 자신이 나서야 할 때라는 걸 어느 정도 눈치채고 있던 모
양이었다.

"도시교통공사에 협조 요청을 얻었으면 해서요."
"그렇군. 그게 먼저였구나."
"다른 게 있었어요?"
"이제 제작이 막바지인 거 같아서 샤인 쪽에 언질을 해둔 상
태다."
"대표님이요?"
"뭘 놀라. 그게 내 일인데. 음주 운전 예방 광고 때문에 엄청
우호적이다. 제작만 잘되면 예산을 끌어모으는 건 문제가 안 될
것 같다. 그리고 대중교통에 관한 것도 샤인에 문의를 해서 연결
을 하면 될 것 같군."

"잘됐네요. 그리고 일단은 지하철 같은 경우는 세트장도 한번 알아봐 주세요."

"너희가 그동안 보여준 게 있으니까 그런 거다. 그래서, 광고 완성 예정은 언제쯤이지?"

"해봐야 알겠지만 오래 걸리진 않을 거 같아요."

"그럴 줄 알았다."

한겸은 자신을 믿어주는 우범에게 미소를 지으며 말했다.

"1년 주셨잖아요."

"그래야지 쫓기는 기분 없이 만들 거니까 1년을 준 거다."

"어? 혹시 사무실에 일 없어요?"

"네가 DooD 홍보 건도 따 오고 그래서 할 일은 많다. 지금도 다들 바쁜 거 보이잖아. 단지 매일 같은 일을 반복해서 지겨워하고 있지. 그리고 분트에서도 계속해서 연락을 해오고 있기도 하고."

"분트에서 연락 왔어요?"

"계속 온다. 사실 분트뿐만이 아니지. 두립에서도 오고 이곳저곳에서 많이 온다."

"두립이요? TX는 어쩌고요?"

"DIO 때문인지 두립전자 전체가 아예 광고 회사를 인바이트해서 입찰하는 방식으로 바꿔 버렸다. 얼마 전에 우리한테도 인바이트 왔었는데 거절했다."

"TX 많이 바뀐 거 같던데 아쉽겠네요. 좋은 얘기 많이 나오던데."

"그럴 필요 없다. 이번 두립전자 이미지광고 건은 TX가 가져
갔다. 다음에 우리가 참여하면 얘기가 달라지겠지만."

"너무 부담되는데요."

"하고 싶은 일 했으면 당연히 부담 가져야지. 우선은 칸 라이
언즈 상을 타는 게 우선이겠지만."

우범은 믿음이 가득한 눈빛으로 한겸을 봤고, 한겸은 멋쩍게
웃었다. 수상에 대해서 장담할 순 없지만, 최선을 다해서 만들고
있으니 좋은 결과가 나올 것이었다.

*   *   *

한 달 뒤. DooD의 진혁이 한국에 돌아오자마자 한겸은 모
델들에 대해 전달했다. DooD의 배경을 사용하기로 한 이상,
DooD의 의견도 필요했기에 꼭 해야 되는 일이었다. 진혁은 대
놓고 반대를 하진 않았지만, 행사장을 방문한 할리우드 스타 같
은 유명 인사를 모델로 했으면 하는 눈치였다. 마음은 이해하지
만 지금은 아니었다.

거기다 진혁도 처음 포스터를 보고 인정을 했고, 원활한 촬영
을 위해 가상공간을 체험하러 온 길수와 수민을 보고 만족해했
다. 수민은 날이 갈수록 길수와 같은 밝은 기운을 뿜어내다 보
니 이제는 두 사람이 함께 있는 모습만 봐도 기분이 좋아졌다.
게다가 거의 보름간을 매일같이 만나 연습을 한 탓인지 연성과

길수, 수민, 세 사람은 진짜 친한 친구 같은 느낌을 주었다.

그리고 오늘이 그 모습을 촬영하는 첫 날이었다. 먼저 DooD에 도착해 있던 한겸은 설레는 마음으로 세 사람을 기다렸다. 그때, 길수와 통화를 하던 범찬이 한겸에게 말했다.

"아이 참. 연성이도 우리 길드 오면 좋은데 아쉽단 말이야."

"아직도 게임하냐?"

"당연하지. 내 낙인데! 그리고 내가 길마거든? 죄다 쪼렙이라서 길드 순위가 바닥이야. 너도 해라."

"난 됐어. 잠깐 해봤잖아. 그나저나 어디쯤이래?"

"지금 주차장이래. 아까 아침에 길수 형님이 히어로 카 타고 오기 싫어서 나보고 연성이한테 데리러 오지 말라고 대신 말해달라 그러더라. 가만 보면 연성이도 이상해. 같이 죽자는 식이야. 왜 이태원까지 가서 태워 가지고 오는 거야. 내 길드원을!"

"네가 가서 태워 오지."

"차가 있어야지! 차부터 사야겠다."

"그러든가. 그래도 연성 씨는 이제 익숙해졌나 보네."

얼마 전 연성과 친분을 쌓게 하려고 소개를 해줄 때 연성이 타고 온 히어로 카를 보던 길수와 수민의 표정이 떠오른 한겸은 피식 웃었다. 그때, 세 사람이 사람들과 함께 들어왔다. 같은 게임을 한 덕분에 다들 친해진 것처럼 보였다.

"김 프로님!"

"연성 씨, 다리 많이 괜찮아졌네요?"

"보기만 그래요. 익숙해져서 그렇죠."

"오늘은 어머님이랑 같이 안 오셔서 혼자 다니실 수 있는가 해서요."

"저번에 저 연습할 때 같이 오셨잖아요. 그때 하루 종일 기다려서 그런지 지겨워하시는 거 같길래 오늘은 혼자 간다고 그랬어요. 최 대리님이 잘 보살펴 주셔서 마음이 놓이셨나 그러라고 하시더라고요. 그런데 오늘도 오래 하실 거죠?"

한겸은 웃으며 고개를 저었다. 이미 연습을 하며 색을 확인한 상태였다. 오늘은 그저 편집을 하기 위해 제대로 된 영상을 가져가기 위한 촬영이었다.

"연습한 대로만 하시면 돼요."

"저만 혼자 가만있으니까 엉덩이가 배기더라고요."

"오늘은 금방 끝날 거예요. 두 분도 오시느라 고생하셨어요."

한겸은 다른 사람들에게 먼저 인사를 하던 길수와 수민에게 인사를 했다. 수민은 I.J에서 맞춘 옷이 아니었음에도 얼굴이 여유로워 보였다.

"오늘은 다른 옷 입고 오셨네요?"

"아! 요즘 밖에 돌아다녔더니 어깨가 탔더라고요. 자외선차단

제를 발랐어야 했는데."

"그래요?"

"흑인이 살 탄다고 하니까 이상하죠? 허니도 살 타는 거 처음 봤다면서 신기해하더라고요."

한겸은 가볍게 웃어넘겼다. 피부색으로 먼저 농담을 건네는 모습을 보니 전보다 훨씬 더 변했다는 것이 느껴졌다.

"그럼 다들 이동하실까요. 오늘 일정이 바빠서요."

곧바로 가상공간 체험 장비가 있는 곳으로 이동했고, 세 사람이 동시에 장비를 착용했다. 한겸이 기대하며 그 모습을 지켜볼 때, 연성의 화면이 가장 먼저 나왔다. 연성은 이동하는 신이 없었기에 촬영이 가장 빨랐다. 화면을 보던 범찬이 놀랍다는 듯 말했다.

"아무리 봐도 진짜 신기하단 말이야. 연성이 보면 뭐 선을 덕지덕지 붙이고 있어서 이상한데 여기 화면 보면 와, 장난 아니야. 진짜 잘 만들었어."

한겸은 이미 색에 대해 확인을 했기에 걱정 없이 화면을 봤다. 화면 속 연성은 산 정상에서 바위에 앉아 있는 모습이었다. 화면 속 연성의 다리는 멀쩡해 보였지만, 한겸이 계획한 대로 상체 위주로 담기고 있었다. 그래도 바위 옆 나무가 만든 그늘과 그

옆으로 비치는 햇빛의 조화가 어우러져 멋있는 그림이 나오고 있었다. 게다가 약간은 지루한 듯 보이는 연성의 표정이 생생하게 더해지자 가상공간이라는 생각이 들지 않았다.

"겸쓰, 연성이 표정 봐. 크크. 맨날 와서 저렇게 앉아 있다 가서 그런가 고수야."
"그러게. 두 분도 표정 좋다."

어느새 길수와 수민도 화면에 나오기 시작했다. 연성과 다르게 다리를 계속 움직여야 하다 보니 두 사람이 힘든 역할이었다. 길수와 수민은 각각 다른 방향에서 산을 향해 올라가기 시작했다. 길수는 나뭇잎과 풀을 헤쳐가며 산을 올랐고, 수민은 계곡 시냇물을 따라 올라가고 있었다. 풀을 헤치는 길수는 허공에 손을 젓고 있었지만, 화면에서는 전혀 달랐다. 길수의 손짓에 풀들이 갈라지는 모습이 생생하게 담겼다. 사실 이 부분 때문에 가장 많은 시간이 걸렸다.

"겸쓰, 아무리 봐도 이상해. 아무래도 산을 올라가는데 대검은 아니더라도 낫이라도 있어야 되지 않냐?"
"게임에 낫이 없잖아."
"만들라고 하면 되잖아. 아니면 대검에 모자이크하든가."
"심의에 걸린다고."

처음 가상공간 체험을 할 때 길수가 나오는 화면만 이상하게 빨갛게 보인 적이 있었다. 포스터 때도 노랗게 보였던 게 갑자기 빨간색으로 보여서 무척 혼란스러웠다. 다급하게 이유를 찾기 시작했고, 다행히 예전 DooD의 광고에서 안내 문구 때문에 광고가 빨갛게 보였던 경험 덕분에 문제를 금방 해결할 수 있었다. 이게 그냥 게임 광고라면 대검이 나와도 무방하지만 지금 광고는 DooD의 배경만 이용할 뿐 게임 광고가 아니었기에 대검을 든 길수가 빨갛게 보였던 것이었다.

제4장

촬영

　며칠 뒤. Do It에 자리한 한겸은 의자에 몸을 기댄 채 모니터만 쳐다봤다. 아무런 움직임도 없이 그저 하염없이 모니터 속 영상을 보며 웃고 있었다. 방 PD는 그런 한겸의 옆에 앉으며 말했다.

　"다 했으면 이제 가라! 좀!"
　"가야죠."
　"너도 대단하다. 네가 만든 건데 그렇게 좋아?"
　"네, 진짜 잘 만들었어요."
　"자화자찬이 너무 과한 거 아니야?"
　"하하, 진짜 잘 만들었어요. PD님도 잘 만드셨다고 그러셨잖아요."

"그렇긴 하지. 그런데 솔직히 가상공간이 조금 걱정되긴 했거든? 그런데 이거 보니까 이게 제일 좋아. 다음에는 어디 장소 섭외할 필요도 없이 여기서 찍어도 되겠어. 내가 새삼 느낀다니까?"

"뭘요?"

"세상이 엄청 발전하고 있는 거 말이야. 인터넷으로 이런 것도 할 수 있고 세상 좋아졌다."

한겸은 가볍게 웃고는 마저 모니터를 봤다. 모니터에는 마지막 장면이 나오고 있었다. 길수와 수민이 정상에 도착했고, 두 사람을 본 연성이 웃음이 가득한 눈으로 손목을 두드렸다. 그러고는 곧바로 일어나더니 뒤를 돌아 먼저 움직이기 시작했고, 수민과 길수가 씨익 웃는 뒤 돈 연성에게 뛰어가는 모습이 나왔다. 그리고 기획 단계에서 수정이 제안했던 장면이 나오기 시작했다.

화면이 바뀌며 가상공간이 아닌 세 사람의 실제 모습이 나왔다. 가상공간이 너무 잘 만들어진 덕분에 세 사람은 마치 게임에서 튀어나온 것 같은 느낌이었다. 그런 세 사람이 서로를 보며 씨익 웃는 모습으로 끝이 나며 마지막에 카피가 나왔다.

[피부색에 상관없이 즐길 수 있으며.]

몇 번인지 셀 수도 없을 정도로 영상을 봤음에도 한겸은 기분 좋은 미소를 지었다.

"분위기가 너무 좋죠?"

"이 두 사람이 다 만든 거지. 섭외 잘했어. 수정이한테 얘기 들어보니까 옷도 사주고 그러면서 섭외했다며. 그럴 만했다."

"휴, 이제 연성 씨 마지막 엔딩 단독 촬영이랑 버스, 지하철만 담으면 될 거 같아요."

"맞다. 스케줄은? 왜 얘기가 없어."

"대표님이 알아보시고 계세요."

"어? 성 대표? 성 대표 오기로 했는데 그 얘기 하러 온다는 거였나?"

"대표님 오신대요?"

"어제 전화 와서 할 얘기 있다고 오던데? 하긴 성 대표면 알아 놨어도 진즉에 알아놨겠지."

한겸은 어떻게 진행되는지 궁금함을 참지 못하고 곧바로 우범에게 전화를 걸었다. 그런데 어쩐 일인지 전화를 받지 않았다. 재차 신호가 울릴 때, Do It의 문이 열리면서 우범이 들어왔다.

"다 왔으니까 끊어라. 분위기를 보니 내가 양반은 아닌 모양이 군."

"오셨어요."

우범은 자신을 반기는 한겸을 보며 피식 웃고는 안으로 들어 왔다. 방 PD와 인사를 나누고는 한겸을 가만히 쳐다봤다.

"넌 오늘도 Do It이군?"

"오늘 끝났어요. 안 그래도 이따가 회사 들어가려고 그랬어요."

"그럼 같이 가면 되겠군. 작업은 다 됐고?"

"네, 이번에도 잘 나왔어요."

"그럼 그것부터 좀 보내라."

"아직 완성 안 됐는데요?"

"샤인하고 얘기를 해야 되는데 좀 편하게 가려고 한다."

"어? 얘기가 잘 안 돼요?"

"그건 아니다. 예산을 높게 받으려고 그러는 거다."

한겸은 가볍게 웃고는 궁금하던 것에 대해 질문했다.

"그런데 대중교통 섭외는 어떻게 되셨어요?"

"그거 얘기하려고 온 거다."

섭외와 허가가 잘됐으면 전화로 얘기했을 거란 생각에 한겸은 걱정하는 표정을 지으며 우범을 봤다.

"섭외가 어려워요?"

"그건 아니다. 방 PD님하고 네가 일정만 정확히 잡아주면 허가는 날 거 같다. 그런데 유동 인구가 많은 곳은 아무래도 힘들 것 같더군."

"잠깐만 잡으면 되는데요."

"그래서 몇 군데 후보지와 컨택 중이다. 네가 항상 하는 리얼리티 그런 걸 감안하고, 거기다가 우리 광고가 충무병원에서 시작하니까 아산역은 어떨까 한다. 아산에서 봉명역까지 촬영 가능하고 하루 4시간씩 가능하다더군. 야간을 더 반기는 눈치던데 야간은 우리 광고 콘셉트상 안 맞는 거 같더군."

"맞아요. 아산 역이라⋯⋯. 대중교통을 타고 이동하는 장면을 담으려고 하는 거니까 괜찮은 거 같아요."

"그럼 단역배우들은 몇 명이나 구해야 하지?"

"없어도 돼요. 주변이 중요한 게 아니라 연성 씨가 대중교통을 이용하는 장면을 담으려고 하는 거니까요."

사실 실제 대중교통 이용객들을 담고 싶은 마음은 컸다. 하지만 촬영 팀과 함께 탑승을 해야 하다 보니 인원이 많을 수밖에 없었다. 그러면 이용객들이 불편할 수 있는 상황이 될 수도 있었다. 게다가 색도 문제였다. 지금은 스토리를 구상하면서 미리 작업을 통해 확인을 한 상태였다. 버스와 지하철로 만든 포스터 속 연성은 색이 보이는데, 혹시나 일반 이용객들이 참여하면 다른 색이 보이게 될 수도 있다는 생각에 아예 배제하는 게 낫다고 생각했다.

"그럼 버스는 어떻게 됐어요?"

"그것 때문에 온 거다."

이동하는 장면은 지하철만으로도 담을 수 있었다. 하지만 같은 장면만 넣는 것보다는 다양하게 넣어 지루함을 없애는 편이 낫다고 생각했다. 더군다나 대중교통 인프라도 한국이 자랑하는 것 중 하나였기에 다양하게 넣는 것이 맞았다. 그러다 보니 버스에 문제가 생겼다는 말이 약간 걱정되었다.

"섭외가 잘 안 돼요?"

"많이 알아봤고, 지금도 알아보는 중이긴 하는데 아무래도 버스는 지하철처럼 칸이 나눠진 게 아니니까 승객들이 불편해할 거 같아서 대부분 거절을 하더군."

"그럼 아예 대여를 하는 건 어때요?"

"그 부분도 고려해 봤다. 그런데 촬영 위치가 문제더군. 실제로 이동 동선에 따른 버스를 대여하려 했는데 그럼 버스를 이용하는 시민들이 혼동을 일으킬 수 있는 문제가 생기더군."

"아. 그렇구나. 버스 기다리는 사람들은 왜 안 멈추고 그냥 가냐고 항의하고 그러겠네요."

"그렇지. 그리고 다른 장소에서 촬영을 하더라도 버스 회사에 남아 있는 버스가 없어서 대여비를 좀 높게 잡아야 할 것 같았다."

"많이 비싸요?"

"그런 문제가 아니다. 우리가 알아보니까 실제 시내버스 대여비나 세트로 만든 버스를 대여하는 게 차이가 없었다. 도색을 해서 똑같이 만드는 데까지 드는 비용이 비슷하더군. 그렇다면 간이 정류장까지 만드는 게 어떨까 생각한다. 대신 정류장은 물론이고 운행하는 버스가 아니라서 허가를 받아야 해서 그 문제를 알아보고 있었다."

"괜찮네요. 그럼 언제쯤 스케줄 잡을까요?"

"그것 때문에 왔다."

우범은 방 PD를 물끄러미 쳐다봤고, 방 PD는 곧바로 알아차렸는지 헛웃음을 뱉었다.

"이야, 진짜 좋다. 이래서 C AD, C AD 하는 거야."

"가능하시겠습니까?"

"제작 팀인데 당연히 우리가 해야죠. 다른 회사 같았으면 제작 팀한테 죄다 맡길 텐데 우리는 그냥 확인만 하면 되는 거 아닙니까. 그게 뭐 어려운 일이라고 여기까지 오셨어요."

"그래도 당장은 돈이 되는 일이 아니니까 부탁을 드리러 온 겁니다."

"어휴, 걱정은. 저거 보면 돈이 안 될 수가 없죠. 저거, 무조건 TV에 나올 광고입니다."

우범은 웃으며 고개를 끄덕이더니 가방에서 서류를 꺼내 방 PD에게 내밀었다.

"이게 뭡니까? 서초구 시내버스? 01, 10, 18—1… 뭐 이렇게 많아. 어라? 13, 22, 23, 900. 이건 또 뭔데 이렇게 많아요. 이게 다 뭡니까?"

"앞에 건 JD 손해보험에 지나다니는 버스들이고 뒤에는 안연성 씨 집 근처에 다니는 버스들입니다."

"그런데요?"

"저희가 도색 작업 의뢰한 것들이고요."

"네? 하나둘… 도대체 몇 대를! 이 정도면 대여가 훨씬 싸겠고만!"

"하루에 끝난다면 그렇겠죠."

"아… 김 프로지. 어우! 그래서 예산이 대여나 도색이나 비슷하다고 그러는 거였고만! 어쩐지 이상하다 했어! 와… 어휴! 진짜 말이 안 나오네."

"김 프로가 촬영하는 스타일을 보면 아무래도 바꿔야 할 수 있으니까 준비를 하는 게 좋을 것 같더군요."

"그래도 이건 좀… 진짜 C AD는 왜 중간이 없어!"

"그래서 부탁드린다고 그런 겁니다."

"아오… 내 머리야."

우범은 이미 대답을 들어서인지 무척이나 뻔뻔한 표정으로 서류를 방 PD 앞쪽으로 더 내밀었고, 한겸은 그런 우범을 보며 마음에 든다는 듯 씨익 웃었다.

*　　　　　*　　　　　*

며칠 뒤. 대중교통을 이용하는 장면을 촬영하기 시작했다. 지하철부터 시작되었고, 객실 한 칸을 통째로 빌리는 게 아니라,

한쪽 긴 좌석에서 촬영하라는 허가를 받았다. 그래도 지하철 이용객들도 다른 역에 비해서 적은 편이었기에 촬영하는 데는 지장은 없었다. 다만 연성이 부담스러워했다. 다른 촬영 때는 다른 모델들과 시선을 나눠 받았었지만, 지금은 오로지 연성 혼자만 담고 있어서 긴장을 했는지 제대로 된 표정이 나오지 않았다. 밝은 성격에다가 개인 방송도 하고 있고 그동안 촬영도 진행했었기에 잘할 거라 생각했는데 막상 촬영에 들어가자 주변을 너무 의식했다.

특별히 지을 표정이라고 할 것도 없이 그냥 자연스럽게 있으면 됐는데 너무 사람들을 의식해서인지 표정이 굳어 있었다. 이래서는 가장 중요한 마지막 장면 촬영에도 문제가 생길 것 같았다.

"아오, 겸쓰! 연성이 왜 저래?"

"그러게."

"아오, 벌써 봉명역이야! 또 돌아가야 되네!"

"음, 사람들이 쳐다봐서 그런가?"

"연성아! 긴장 풀어!"

일부러 연성과 친구가 된 범찬까지 데려왔는데 별 소득이 없었다. 연성은 멋쩍어하며 고개를 끄덕거리고는 옆을 힐끔 쳐다봤다. 그곳을 보니 사람들이 이곳을 보고 있었다. 대학교가 있어서 그런지 대부분이 대학생들로 보였다. 아무래도 조명부터 시작해 카메라들이 연성을 찍고 있다 보니 사람들이 관심을 가질 수밖에 없었다. 그 시선이 부담스러운 모양이었다.

연성은 다시 아산역으로 돌아가는 와중에도 미안해하는 표정을 지었다. 그러고는 한겸에게도 사과를 했다.

"김 프로님, 죄송해요."

"아니에요. 전문 모델이 아닌데 당연하죠. 오늘은 사람들 시선에 익숙해지는 날이라고 생각하고 편하게 하세요."

"어휴, 저 때문에 다들 고생하셔서."

연성의 말처럼 제작 팀이 가장 고생이었다. 촬영 팀과 제작 팀은 아산역이 아닌 바로 전 역인 배방역에서부터 지하철을 타고 와야 했다. 게다가 장비들도 들고 이동해야 하다 보니 다들 힘들어했다. 한겸도 알고 있었지만, 지금은 연성이 안정을 찾는 게 우선이라고 생각하며 말했다.

"다들 저하고 많이 일하신 분들이라 익숙하실 거예요. 표정들 보면 나쁘지 않잖아요."

옆에 있던 범찬이 어이가 없다는 표정을 짓더니 대화에 끼어들었다.

"그렇다고 좋지도 않잖아. 연성아, 넌 개인 방송도 하는 애가 뭐 그렇게 사람들 쳐다보는 거에 신경 써. 카메라 돌면 나만 봐! 내가 앞에 딱 서 있을게."

"다르지. 자꾸 쑥덕쑥덕거리는 게 들려서."

"거기서 그게 들려?"

"들리진 않는데 손가락질하고 자기들끼리 웃고 그러는 게 보여서 좀 신경 쓰이네."

한겸은 이해한다는 표정으로 연성을 봤다. 아무래도 며칠은 사람들 시선에 적응하는 시간을 가져야 할 것 같았다. 어느덧 다시 아산 역에 도착했고, 아산역에서 내린 제작 팀은 배방역에서 준비하는 제작 팀의 연락을 기다렸다. 잠시 뒤, 지하철에 타고 있던 제작 팀에게서 연락이 왔고, 다시 촬영에 들어갈 준비를 했다. 타이밍이 중요했기에 다들 긴장한 채 지하철이 오는지만 지켜보며 대기했다. 그때, 갑자기 옆에서 누군가가 말을 걸었다.

"액션부르룽?"

순간 주변 사람들의 고개가 다 돌아갔다. 그곳에는 대학생 몇 명이 모두 연성을 보고 있었고, 대학생들의 말에 가장 먼저 반응을 한 사람은 현장을 관리하는 스태프였다.

"죄송합니다! 지하철 오는지 보다가 그만. 저기요, 지금 촬영 중이라서요. 죄송합니다."

"아! 죄송합니다."

촬영 현장에서 종종 일어나는 일이었기에 한겸은 웃어넘기고는 범찬을 보며 말했다.

"액션부르룽이 연성 씨 윈드 아이디 맞지?"
"어, 연성이 윈드 아이디. 아이디 짓는 센스하고는. 오토바이 타다가 다쳤다고 부르룽이래."
"그래도 알아보는 사람이 있네."

한겸은 연성과 대학생들을 번갈아 쳐다봤다.

*　　　*　　　*

연성의 표정을 가만히 살피던 한겸은 피식 웃음이 나왔다. 자신을 알아본 사람들을 힐끔거리며 고개를 살짝 숙이기까지 했다.

"방송이 인기가 많나 봐요."
"아! 그건 아니에요. 그래도 평균 100명은 보더라고요."
"오우, 많이 보는 거 아니에요?"
"그런가요? 하긴 히어로 채널에서는 1등이거든요."

한겸은 윈드를 하진 않았지만 연성에 관련된 일이다 보니 방송에 대해선 알고 있었다. JD의 소개와 DooD의 후원으로 연성의 일이 알려지긴 했지만, 일반 스트리머들에 비하면 방송 자체가 인기 있는 것은 아니었다. 그것을 알면서도 연성의 긴장이 풀

릴까 해서 물어본 말이었다. 가만 생각하던 한겸은 피식 웃고는 지하철을 타려던 스태프들에게 급하게 말했다.

"이번에는 잠시 쉬고 계세요."
"네?"
"일단 전화로 얘기할게요."

지하철이 도착했기에 한겸은 서둘러 지하철에 올라탔다. 그러자 미리 타고 있던 방 PD가 당황하며 밖에 있는 스태프들에게 소리쳤다.

"뭐 해! 왜 안 타!"
"제가 타지 말라고 했어요."
"어?"
"연성 씨 긴장이 아직 안 풀린 거 같아서요."
"그래도 찍으려면 애들 있어야 되는데."
"그냥 연습이라고 생각해 주세요. 연성 씨는 바로 앉아주시고요."

연성이 자리에 앉고 촬영이 시작되자 한겸은 범찬에게 조용히 속삭였다.

"나랑 좀 떠들자."
"또 뭔 소리야."

"지켜보는 사람들한테 연성 씨 소개 좀 하라고."

"내가? 내가 왜?"

"네가 연성 씨 게임 잘 알잖아. 내가 말하는 거 맞장구만 쳐줘."

"갑자기?"

한겸은 고갯짓으로 연성을 가리키며 말했다.

"내가 보니까 좀 관종 같아."

"푸하하하. 그렇긴 하지."

"좀 조용히 웃어."

"언제는 떠들라며!"

"좀 이따가 떠들고. 아까 액션부르릉 알아보는 사람 있으니까 표정이 풀리더라고. 그래서 혹시나 사람들이 몰라봐서 그러는가 싶어서 실험 좀 해보려고."

"아! 그럴 수 있지."

범찬에게 설명을 한 한겸은 천천히 학생들 근처로 자리를 옮겼다. 학생들은 다들 촬영하는 모습을 지켜보고 있었다. 한겸은 목을 한 번 가다듬고는 입을 열었다.

"범찬아, 연성 씨 저 다리가 영광의 상처라며? 자기 몸 던져서 트럭에 깔릴 뻔한 할아버지 구출한 영웅이잖아. JD 손보에서 연성 씨 소개해서 그 사고 난 도로 바뀐다고 하더라고."

"……."

"왜?"

"에휴, 책 읽냐? 넌 그냥 닥치고 있어."

범찬은 어이없다는 표정으로 한겸을 위아래로 훑었다. 그러고는 고개를 저으며 얼굴을 만졌다. 어느새 범찬의 얼굴에는 미소가 지어져 있었고, 그 상태로 뒤로 휙 돌았다.

"송운대학교 학생들이에요?"

"저희는 광진대요."

"아! 광진대! 캠퍼스가 넓은 좋은 학교! 그런데 무슨 촬영 하는지 궁금하시죠?"

"네! 무슨 촬영이에요?"

"그건 나중에 TV에서 봐요. 크크. 그런데 저 사람 알아요?"

아까 액션부르릉이라며 알은척을 했던 사람들을 제외하고는 대부분이 모르는 상태였다. 그러자 범찬은 과장된 몸짓으로 양손을 들어 올리며 말했다.

"얼마 전에 장난 아니게 이슈였는데? JD 손해보험에서 영웅 소개하는 거 알죠? 요즘 JD에서 소개하면 죄다 기사로 나오잖아요. 거기 1호가 저 모델이에요."

"아하!"

"모르는 분은 스마트폰에 안연성이라고 검색 한번 해보세요.

기사 많을 거예요. 그리고 윈드 하시는 분은 DooD 공식 채널에 액션부르룽 채널 있거든요. 거기서 얻는 수익금 중 일부가 다시 후원금으로 들어가고 있고요."

한겸은 아예 대놓고 소개를 하는 범찬을 보며 웃고는 연성을 봤다. 이쪽에서 대화하는 소리가 들렸는지 수줍게 웃고 있었다. 자신에 대한 얘기 때문인지 관심을 갖느라 긴장감이 사라진 것처럼 보였다. 한겸은 대학생들은 범찬에게 맡기고 방 PD의 옆으로 이동했다.

"어때요?"
"괜찮아지는 거 같네. 신기하네. 더 기다려야 될 것 같긴 한데 괜찮아지는 거 같지?"

화면을 보던 한겸도 고개를 끄덕거렸다. 확실히 아까보다는 훨씬 나았다. 그러는 사이 어느새 봉명 역에 도착했다. 지하철에 타고 있던 제작 팀은 다시 돌아가기 위해 서둘러 내릴 준비를 했다. 그러자 연성이 자리에서 일어나더니 자기를 보고 있는 사람들에게 고개를 숙여 인사를 했다. 그러고는 갑자기 한겸에게도 가볍게 고개를 숙여 인사를 했다. 딱히 어떤 말을 한 건 아니었지만, 인사를 하는 모습이 뭔가 감사를 표하는 느낌이었다.

지하철에서 내린 한겸은 아산 역으로 돌아가기 위해 반대편으로 이동했다. 함께 이동하던 방 PD는 한겸을 보며 툭하니 말을 뱉었다.

"김 프로, 부축 좀 해주고 그래. 연성 씨 계단 오르락내리락하느라 힘들겠네. 범찬이 놈은 어디 갔어?"

"연성 씨가 스스로 올라간다고 해서요. 그리고 범찬이는 이미 건너가서 앉아 있을 거예요."

"어휴, 언제 건너갔어. 아무튼 연성 씨! 여기서 힘 빼지 마요."

연성은 괜찮다는 듯 환하게 웃고는 열심히 계단을 올랐다. 그 모습을 보던 방 PD는 피식 웃고는 장난스럽게 말을 건넸다.

"독특해. 김 프로가 고른 사람은 하나같이 독특해."

"제가요?"

"연성 씨도 독특하죠. 아까 보니까 자기 얘기하는 걸 그렇게 즐기는 사람이 왜 사람들한테 집중되는 거에 긴장해요."

"아! 그거요. 그냥 좀 그래서요."

"뭐가 좀 그래요?"

연성은 다시 환하게 웃으며 말했다.

"뭐라고 하는지 신경 쓰이더라고요."

"음? 누가 뭐라고 했어요?"

"그건 아닌데. 개인 방송을 하다 보니까 별로 안 좋은 말을 듣게 되더라고요."

"히어로 채널에서 방송하는 거요? 미친놈들도 아니고 거기서

악플을 남기고 그래요?"

"그냥 좀 그래요."

"뭐라는데요?"

"다리 팔아서 팔자 고쳤다는 얘기도 있고 원색적으로 다리 병신이라는 얘기도 있고 그래요. 그리고 JD하고 DooD에서 후원한 다른 분들하고 비교하기도 하고 그러더라고요."

"저런 이씨. 그런 말을 뭐 하러 하는 거야. 아이, 그런 거 다 신경 쓰지 마요. 미친놈들이 그러는 건데."

"신경 안 쓰려고 하는데 잘 안 되더라고요. 연예인들이 이런 기분인가 봐요."

방 PD는 마치 자기 일인 것처럼 화를 냈고, 연성은 대화 내용과 어울리지 않게 여전히 밝은 미소를 짓고 있었다. 대화를 듣고 있는 한겸은 굉장히 씁쓸했다. 많은 사람들에게 한순간에 주목을 받아 생긴 일이었다. 주목을 받게 만든 것도 자신이었기에 한겸은 미안한 표정으로 말했다.

"그래서 그렇게 사람들 신경 쓴 거였어요?"

"안 좋은 얘기 하는 거 같아서 신경이 쓰이더라고요. 그런데 김 프로님하고 범찬이가 저에 대해서 소개해 주니까 마음이 편안해지더라고요."

"그래서 저한테 인사하신 거였어요?"

"네. 좀 많이 불편했는데 숨통이 트이는 거 같았어요. 두 분이 저 소개해 주셔서 사람들 표정이 바뀌었거든요. 사실 저 같은 사람 촬영하려고 카메라 여러 대 있고 그러면 저 같아도 이상하게 볼 것 같긴 해요. 아까 어떤 할아버지는 다큐멘터리 같은 거 찍는 거냐고 그러더라고요. 아마 다리 다친 사람을 찍고 있어서 그런 거겠죠?"

"제가 그런 부분까지 신경을 못 썼네요."

"아니에요! 그냥 제 스스로 위축돼서 그런 건데요. 그래도 다들 처음에는 누군데 촬영을 하고 있나 하는 표정들이었는데 김 프로님하고 범찬이 설명 듣고 나서는 다들 이해하는 얼굴이었거든요. 소개를 할 때는 조금 민망했는데 제가 이런 사람이다라고 알리고 나니까 마음이 편해지면서 안심이 되더라고요. 대놓고 욕할 사람 없을 거 아니에요."

한겸은 미안한 마음에 멋쩍게 웃었다. 그러고는 입을 굳게 다물고는 걸음을 옮겼다. 건너편에 도착하자 이미 도착해 있던 범찬이 한겸을 뚫어져라 쳐다봤다. 그러고는 한겸이 아닌 방 PD와 연성에게 말했다.

"겸쓰, 표정이 왜 저래? 도대체 무슨 일이야! 방 PD님! 무슨 짓을 하신 거예요?"

"나? 내가 무슨 짓을 했다고 그래. 김 프로가 뭐 어떻다… 어? 김 프로!"

"봐요! 이상하죠. 저 표정! 저거 뭔가 불타오르는 표정인데!"

한겸은 범찬의 손가락질을 모른 척하고는 방 PD를 보며 말했다.

"아산 역에 계신 분들은 조금 더 쉬라고 해주세요."

"왜? 연성 씨 점점 괜찮아지는데. 지금 시간도 얼마 남았는데?"

"조금 더 익숙해지게요. 내일 촬영해도 되잖아요. 그리고 범찬이 너도 아까처럼 계속 설명해 줘."

"뭘? 연성이?"

"응. 방금처럼 사람들한테 설명해 줘."

"그건 어렵지 않은데. 왜 그러는데?"

같이 있던 연성이 급하게 입을 열었다.

"저 잘할 수 있을 거 같아요. 저 때문에 다들 고생하시는 거 같은데 이번엔 잘 해볼게요."

"아니에요. 어차피 저희 여기서 7일 허가받았어요. 그러니까 천천히 해도 돼요. 오늘은 사람들 시선에 익숙해지는 거 연습한다고 생각하세요."

한겸은 연성을 물끄러미 쳐다보고는 입을 열었다.

"장애가 있는 사람을 보는 시선이 부담될 수 있을 거예요. 정말 제대로 만들어서 그런 시선을 조금은 바꿔보도록 할게요. 열심히 만들겠습니다."

"아… 네……."

앞으로 장애인으로 살아야 하는 연성은 한겸의 진심 어린 말이 뭉클했는지 말을 더듬었다. 그 모습을 지켜보고 있던 범찬은 연성과 한겸을 번갈아 쳐다보더니 갑자기 연성의 멱살을 잡았다.

"너… 내가 모르는 사이에 무슨 짓을 한 거냐."
"왜 이래."
"너… 겸쓰 불타오르는 표정 봤지? 네 무덤을 네가 판 거야!"

한겸은 그런 범찬의 목덜미를 잡고는 말을 이었다.

"너는 사람들이 연성 씨 알아볼 수 있게 할 수 있는 방법 좀 알아봐 줘. 오늘은 아니더라도 내일은 쓸 수 있게."
"지하철에 플래카드라도 걸까?"
"그것도 좋고. 사람들 보는 방향에 태블릿 PC 놓고 연성 씨 영상 같은 거 틀어놔도 되고."
"그거 제작 팀 스태프가 해야지. 방 PD님! 어디 가세요! 방 PD님! 아, 또 안 들리는 척하시네."

연성은 굉장히 억울하다는 표정과 몸짓을 하는 범찬을 보며 피식 웃고는 한겸을 봤다. 자신의 얘기에 귀를 기울여 주더니 곧바로 진지한 모습으로 변했다. 그 모습이 부담스럽기는 했다. 하지만 자신을 진심으로 위한다는 마음이 느껴져 고마움이 더 컸다. 연성은 진지한 표정의 한겸의 옆으로 다가가 조용히 입을 열었다.

"김 프로님, 감사합니다. 저도 잘 해볼게요."
"네, 저도 진짜 열심히 만들게요."
"음......."
"왜 그러세요?"
"범찬이랑도 친구 했는데… 우리도 친구 하면……."
"그건 일 끝나고 나중에 하죠."

연성이 멋쩍은 듯 웃을 때, 옆에서 피식거리는 웃음소리가 들렸다. 고개를 돌려보니 범찬이 고개를 숙인 채 큭큭거리고 있었다.

"왜 웃어!"
"크크크. 와, 친구 하자고 그랬는데 대놓고 거절하는 거 실제로 보는 거 처음이다."
"그만 웃어. 가뜩이나 뻘쭘한데."
"웃기잖아. 연성쓰! 너무 상심하진 마. 일 끝나면 겸쓰가 먼저 친구 하자고 할걸? 대부분 그랬거든. 대신 지금은 선 긋는 거야."
"선?"
"어, 지금 친구 하면 사정 봐줄 거 같으니까 선 긋는 거지. 너, 카메라로 죽이겠다고!"

범찬은 재밌다는 듯 마구 웃었다. 연성은 약간 겁을 먹긴 했지만, 한겸의 표정을 보면 제대로 광고를 만들 수 있을 거란 믿음이 생겼다. 덕분에 자신도 열심히 해야겠다는 의지가 생기는 것 같았다.

*　　　　*　　　　*

서울 시내로 나온 연성은 연신 고개를 숙이고 인사를 하며 촬영 준비를 하고 있는 스태프들을 쳐다봤다. 임의로 버스정류장까지 만들어놓고 시민들의 혼동을 없애기 위해 스태프들이 알리는 것과 동시에 표지판까지 세워두었다. 그리고 스태프들이 교통 통제까지 하다 보니 지나가는 시민들은 자연스레 관심을 가졌다. 그리고 C AD에서 나온 직원이라는 사람들은 대형 모니터까지 설치해 Y튜브에 있는 JD의 영상과 기사들을 틀어놓았다. 그러다 보니 모니터를 본 사람들은 당연히 연성을 쳐다봤다. 연성은 그 사람들에게 인사를 하고 있었다. 그런 연성에게 범찬이 다가왔다.

"연성쓰, 크크. 장난 아니지?"

"휴……."

"내가 너 죽었다고 말했잖아. 겸쓰가 중간이 없어. 그래도 지하철 촬영이 생각보다 일찍 끝난 거야."

"지하철은 그나마 괜찮았어. 그리고 어제 하루 쉬었잖아."

"그런데 표정이 왜 그러냐?"

"저거! 저건 너무 민망하잖아. 지금 나 위인 된 거 같아."

"크크크. 저거 때문이야? 사람들 많이 몰릴 거 같아서 내가 부탁한 거야. 죽이지?"

"후… 너나 김 프로님이나 적당히가 없네. 괜히 둘이 친구가 아니었어."

"누구랑 비교하는 거야! 겸쓰는 나랑 차원이 달라! 좀 이따가 보면 알 거야."

대형 모니터까지 설치해 가며 알린 덕분인지 일부 시민들이 통행이 불편하다고 항의를 할 뿐, 연성에 대한 욕은 없었다. 대부분의 시민들은 이해해 주며 응원해 주었다. 그리고 며칠이나 이어진 촬영 때문에 연성도 어느 정도 익숙해진 상태였다.

"그런데 김 프로님은 어디 가셨어?"

"버스 타고 올 거야."

"어? 아까 오셨었는데 어디 가신 거야?"

"아니! 너 촬영할 버스. 어제도 동선 체크하느라 하루 종일 저 버스 타고 다녔다."

"어제 안 쉬었어? 나만 쉰 거야?"

"쉬기는 뭘 쉬어. 저 버스에 촬영용이라고 붙여놔서 사람들 다 쳐다보는데 서초동을 계속 빙빙 돌았다니까."

"고생했네."

"아무튼 버스 오면 외관부터 촬영할 거야. 보여줄게. 안 그래도 그거 보여주려고 온 거야."

범찬은 태블릿 PC에 포스터를 띄운 뒤 연성에게 내밀었다.

"작업한 건데 이거 만드느라고 우리 팀원들 개고생했다. 종훈이형이랑 수정이 알지?"

"이거 나네?"

"어. 배경은 어제 촬영한 거고 거기에 너만 합성한 거야. 진짜 같지? 하도 이 짓 해서 이제 전문가야."

"그냥 내가 버스 기다리는 건데 이걸 왜 한 거야?"

"겸쓰가 작은 부분이라도 완벽해야 된다면서 시킨 거야. 아무튼 마음에 들어 했으니까 이 부분은 금방 끝날 거야."

그때, 초록색 버스가 촬영장 근처에 멈추더니 한겸이 내렸다. 한겸은 버스 기사와 몇 마디를 나눴고 버스는 다시 돌아가 버렸다. 버스를 보낸 한겸은 곧바로 방 PD를 불러 연성에게로 왔다.

"동선은 제가 메일 보낸 대로 진행되고요."

"알지. 연성 씨 동선에 맞춰서 이미 가이드 선 붙여놨어. 촬영 세팅 다 끝났으니까 체크만 한번 해봐."

"고생하셨어요."

"고생은 무슨. 너희들 어제 밤새서 이거 동선 짰다며. 동선이야 여기서 맞춰보면 되는 건데 뭘 그렇게 밤새서 했어."

"괜찮아요."

"김 프로 걱정하는 게 아니라 내 딸이 걱정돼서 그래. 벌써 4일째 집에 안 들어오고 있어! 아무튼 이제 곧 11시니까 빨리 체크해."

한겸은 피식 웃고는 연성을 봤다. 그러자 옆에 있던 범찬이 고개를 돌려 버렸다.

"오늘 3시 30에는 단역배우분들이 버스에 타서 촬영하게 될 거예요."

"3시간이나 남았네요. 아! 그동안 그럼 방 PD님하고 말씀하신 동선 맞추고 그러는 건가요?"

"아니요. 어차피 상반신 위주 촬영이라서 가이드 선 보고 움직이면 돼요."

"그럼 그 전에는요?"

"촬영해야죠."

"단역 배우분들 이따가 오신다면서요."

"그래서 그동안은 진짜 승객들처럼 해보려고요."

연성은 이해할 수 없다는 표정으로 한겸을 봤다. 그러자 한겸이 아무렇지도 않은 표정으로 입을 열었다.

"지하철에서 하던 대로 하면 돼요. 자연스럽게 창밖 풍경 구경하시면 돼요. 잘하겠다는 것보다 편하게 있는 그대로. 아셨죠?"

"네, 그렇게 해볼게요."

대답을 들은 한겸은 곧바로 스태프들에게로 갔다. 그러자 스태프들이 최종적으로 연성의 옷매무새나 메이크업을 정리했다.

"범찬아, 그런데 진짜 승객이란 게 뭐야?"
"조금 이따 직접 봐."
"뭔데."
"쉽게 말하면 삐끼? 호객 행위? 이런 건데. 아무튼 알게 될 거야. 야, 너 부른다."

연성은 궁금했지만 일단 스태프들이 안내하는 위치로 이동했다. 그러고는 가만히 서 있으라는 지시를 받았다. 연성은 가만히 선 채 버스를 기다렸다. 나름 연기를 해볼까 했지만, 지하철 촬영 당시 환경에 익숙해져 연기를 했다가 곧바로 한겸이 지적했던 것이 떠올라 이내 그만두었다. 그때, 멀리서 버스가 오고 있었다.

"어?"

연성은 자신도 모르게 뒤를 돌아봤다. 그러자 방 PD가 촬영 중지 신호를 보낸 뒤 입을 열었다.

"연성 씨! 잘 있다가 왜 뒤돌아봐요!"
"버스에 사람이 타고 있어서요. 진짜 버스 같은데요?"
"우리 버스 맞아요. 진짜 버스라고 생각하고 있어요. 알았죠?

아오, 오중아, 교대역에 연락해서 다음 버스 몇 명이나 타나 물어봐."

촬영장 앞에 도착한 버스 문이 열리더니 사람들이 내렸다. 그리고 버스는 다시 출발해 버렸다. 잠시 뒤 또 다른 버스가 도착한다는 연락이 왔다. 연성은 가만히 선 채 버스를 기다렸다. 이번에 도착한 버스에도 사람들이 타고 있었지만, 연성은 방 PD가 지시한 대로 가만히 서 있었다.

그렇게 몇 번이나 버스가 계속 오가고, 연성이 사람들이 내리고 있는 걸 지켜보며 서 있을 때, 한겸이 연성에게 다가와 말했다.

"준비해야 되니까 잠시 쉬어요."

"김 프로님 저분들 진짜 승객분들이에요?"

"네, 진짜 승객분들이에요."

"저 혼자 탄다고 하지 않았어요?"

"아, 그거요. 지하철에서도 사람들이 있을 때가 느낌이 더 좋더라고요. 그래서 준비했어요."

"준비요? 진짜 승객들이라면서요."

"진짜 맞아요. 교대역부터 여기까지 운행하는 무료 셔틀버스예요. 물론 촬영 중이라고 알리고 있으니까 그런 걱정은 하지 마시고요."

한겸은 안내판을 가리키며 말했다.

"저기 안내판에 다 적어놨어요. 30분 단위로 교대역부터 JD 손해보험 앞까지 무료 버스 운행한다고요."

"아……."

"촬영에 동의한 분들만 탑승하니까 연성 씨는 그저 동선대로 움직이면 돼요. 일단은 기다리는 신은 다 담았고요. 이제 버스 타고 이동할 거예요."

말이 끝나기 무섭게 사람들을 통제하던 스태프들이 소리쳤다.

"1시 30분에 출발하는 강남역 동양전자 방면 버스입니다. 가실 분 탑승하세요."

연성은 어이없다는 표정으로 한겸을 보며 물었다.

"그럼 저기 구경하는 사람들… 저 보는 게 아니라 전부 버스 기다린 거예요?"

"그건 아니죠. 거리도 가까운데 지나가던 길에 광고 촬영 구경도 하고 겸사겸사 버스도 타는 사람은 있어도 일부러 버스 타려고 몇십 분이나 기다리는 사람은 없겠죠. 그리고 버스에 타는 사람들도 전부 안내판을 봤을 테니까 연성 씨에 대해서 아는 사람들이고요. 탄 사람 수도 적당하잖아요."

연성은 웃으며 고개를 끄덕거렸다. 자신이 말했던 것들을 항상 세심하게 신경 써주고 있었다. 말을 끝낸 한겸은 또다시 제작 팀으로 달려가 지시를 하기 시작했다. 그때 연성의 어깨에 손이 올라왔다. 고개를 돌려보니 범찬이 실실 웃으며 서 있었다.

"봐, 나랑 차원이 다르지? 어떻게 셔틀로 사람 꼬실 생각을 하냐."

"그러네. 대단하네."

연성은 물끄러미 한겸의 모습을 지켜봤다.

*　　　　*　　　　*

며칠 뒤. 마지막 촬영 장소는 연성이 사는 동네 근처였다. 마지막 장면인 만큼 이번 광고를 맡은 기획 팀 네 사람이 모두 참여했다. 버스를 타고 이동하는 장면은 이미 촬영을 마친 상태였기에 이제 남은 건 연성이 버스에서 내린 뒤 몸 전체가 화면에 잡히는 장면뿐이었다.

세 사람은 오늘 촬영은 아직 시작도 전이었지만 오래 걸리진 않을 거란 걸 알고 있었다. 이미 답사를 통해 찍어 간 사진으로 마지막 장면의 확인을 마친 상태였다. 마지막 장면을 확인한 한겸이 만족해했기에 연성만 제대로 해준다면 촬영은 금방 끝날 것이었다. 하지만 그건 기획 팀만 알고 있던 사실이었다. 혹시라도 금방 끝난다고 말을 했다가 오래 걸리기라도 하면 제작 팀 사기가 떨어질 수도 있었기에 입을 다물고 있었다.

그런데도 스태프들은 마지막 장면만 남았다는 생각 때문인지 다들 들떠 있는 것처럼 보였다. 다만 스태프들 사이를 휘젓고 다니는 한겸만은 달랐다. 준비를 마치고 한쪽에 나와 현장을 지켜보던 C AD 기획 팀 세 사람은 한겸을 신기해하며 바라봤다.

"겸쓰, 표정 봐. 크크크. 또 진지한 척하고 있네."

"척이 아니라 진짜 표정 같은데? 어제만 해도 버스 영상 잘 떴다고 엄청 좋아했는데 김한겸답지 않게 왜 저렇게 초조해하지? 손까지 떠네."

"한겸이 너무 긴장한 거 같아 보인다. 와, 신기하다."

수정과 종훈은 촬영장을 이리저리 돌아다니는 한겸을 보며 의아해했다. 자신들이 보기에는 지금까지 제작했던 광고들 중 가장 공을 들이고 가장 잘 만든 광고였다. 얼마 안 되는 경험이지만 그 모든 경험들을 이 광고에 녹여냈다. 이제 마지막 장면만 촬영하면 끝이었기에 들뜰 만도 한데 한겸은 마치 무언가가 잘못되기라도 한 것처럼 표정이 굳어 있었다. 그 모습을 보던 수정이 입을 열었다.

"김한겸 분위기 보면 아무래도 오늘 안 끝나겠는데?"

"괜찮아. 여기는 유동 인구가 적어서 일주일이나 허가받았어. 그것도 서초구랑 다르게 하루 종일 촬영해도 돼."

"그게 문제가 아니잖아요. 이 오빠는 참. 저기 앉아 있는 김한겸 다리 봐요. 저렇게 떠는 거 봤어요?"

"나도 알아. 그냥 한겸이가 하고 싶은 대로 할 수 있게 내버려 두는 게 나을 거 같아서 말한 거야. 이번에도 잘할 수 있을 거야. 그동안 한겸이 믿어줬는데 이번에도 믿어줘야지."

"아. 그러네요. 미안해요."

"무슨 사과까지 하고 그래. 괜찮아."

입을 다물고 있던 범찬은 두 사람의 대화가 우습다는 듯 콧방귀를 뀌었다.

"청춘드라마 찍고 앉아 있네. 겸쓰가 뭐가 어떻다고 자기들끼리 소설 쓰고 있어. 이참에 회사 그만두고 둘이 소설 작가로 전향할 거야?"

"넌 진짜! 김한겸 다리나 보고 말해."

"내 눈에는 기뻐 죽겠는데 그걸 못 참아서 떠는 거 같은데? 겸쓰 걱정할 시간에 우리 걱정이나 해. 우리 오늘도 집에 못 갈 거니까 뭐 먹을지 생각이나 해라."

"뭐야. 너 무슨 얘기 들은 거 있어?"

범찬은 큭큭대며 웃더니 입을 열었다.

"아까 대표님이 뭐 먹고 싶냐고 물어보더라. 그래서 내가 무슨 말이냐고 그랬더니 촬영 끝나고 회식할 때 먹고 싶은 거 말하래."

"오늘?"

"오늘 말고 내일 저녁. 소고기 먹자고 그러려다가 아직 예산 받은 게 아니니까 회사 돈으로 나가야 되잖아. 그래서 삼겹살 먹자고 했지. 마음 같아서는 안 먹어도 된다고 하고 싶었는데 그럴 순 없더라."

"내일 저녁이면 내일도 촬영한다는 거야?"

"방수정, 이 멍청아. 겸쓰가 오늘 촬영하면 뭐 하겠냐? 회식하겠냐?"

"아, 그러네. 그걸 왜 지금 말해!"

"그러니까 내가 웃었잖아."

수정이 굉장히 억울하다는 표정을 짓고 있을 때, 스태프들이 바삐 움직이기 시작했다. 잠시 뒤 연성이 버스에 올라탔다. 이제 내리는 장면만 촬영하면 되기에 버스는 그대로 멈춰 있었다. 그리고 방 PD의 지시에 따라 스태프들이 움직이기 시작하자 그동안 앉아 있던 한겸이 자리에서 벌떡 일어났다. 그리고 방 PD가 촬영을 시작한다는 신호를 보냈고, 그와 동시에 버스 문이 열리기 시작했다.

한겸은 천천히 내리는 연성을 뚫어져라 쳐다봤다. 마지막 장면만 담으면 되니 기쁜 마음도 있었다. 하지만 마지막 장면에서 연성의 표정이 중요했기에 걱정도 되었다. 지금까지는 자연스러운 표정이 필요했지만, 마지막 장면에는 본래 연성이 가지고 있는 그 밝은 표정에 자신감이 묻어 나와야 했다.

"내리는 모습 좋고. 연성 씨 이제 멈추고. 오케이. 이제 3, 4번 빠지면서 풀로 잡아줘. 연성 씨 표정 짓고!"

지금까지는 예상했던 대로 색이 보이고 있었다. 이제 연성의 표정만 남아 있었다. 그때, 연성의 시선이 한곳에 멈췄다. 그러고는 환하게 웃기 시작했다.

"오, 어딜 보고 저렇게 웃는 거지? 느낌 엄청 좋은데. 김 프로 괜찮지……? 뭐야, 왜 네가 더 환하게 웃고 있어."

제5장

완성

　방 PD의 사인이 떨어지자마자 한겸은 누가 쫓아오기라도 하는 듯 급하게 자리를 뜨려 했다. 그때, 방 PD가 한겸의 팔을 잡아챘다.

　"이대로 끝? 진짜?"
　"네. 더 좋은 거 안 나올 거 같아요. 진짜 좋았어요."
　"진짜로? 거짓말 아니지?"
　"진짜예요. 빨리 끝나면 좋잖아요."
　"그렇긴 한데, 한 번에 끝난 적이 없으니까 이상해서 그러지. 아무튼 진짜 끝이야? 애들한테 정리하라고 한다?"
　"네."

방 PD가 스태프들에게 끝났다고 알렸다. 하지만 스태프들은 다들 움직이지도 않은 채 한겸만을 쳐다봤다. 다들 방 PD처럼 쉬이 믿지 못하고 있었다. 한겸은 피식 웃고는 먼저 정리하기 위해 일어났다.

"뭐가 그렇게 급해? 무슨 약속이라도 있어?"

"오늘 촬영한 거 돌아가서 붙여봐야죠."

"너도 참 대단하다. 그런데 어차피 너 우리 스튜디오로 갈 거 잖아. 주인도 없는데 혼자 가려고?"

"빨리 가려면 정리를 해야죠."

한겸은 들뜬 마음으로 정리를 하러 현장으로 움직였다. 그때, 현장 중심에 있던 연성이 아직까지 서 있었다. 한겸은 연성을 부르려다 말고 입을 다물었다. 촬영이 끝났는데도 여전히 웃고 있었고, 가끔씩 멋쩍어하는 모습을 보이기도 했다. 한겸은 궁금한 마음에 연성이 보고 있는 곳을 봤다. 그러자 구경하는 사람들 사이에 연성의 어머니가 보였고, 그 옆에는 아버지로 보이는 사람까지 있었다. 연성의 어머니가 연성에 대해 걱정이 많은 걸 알고 있었기에 보고도 모른 척할 수가 없었다. 한겸은 마지막 장면을 확인하고 싶은 마음을 잠시 억누르고 연성에게 다가갔다.

"연성 씨."

"아! 김 프로님, 저 잘했나요?"

"네. 정말 좋았어요. 제가 원하던 그림 그대로예요."

"휴, 다행이다."

"저기 보니까 어머님 계신 거 같은데 같이 가서 인사드리죠."

"그럴까요……?"

연성은 쑥스러워하며 자신의 목뒤를 쓰다듬었다. 한겸은 피식 웃고는 연성의 팔을 잡고 움직였다. 그러자 구경하던 사람들의 시선이 집중되었다.

"연성이 엄마, 아들 잘 뒀네!"

"연성아! 이따 아저씨한테 사인 좀 해줘라!"

연성의 집 근처라서 그런지 동네 주민들이 구경을 온 모양이었다. 한겸은 사람들에게 가볍게 인사를 하고는 연성의 부모님을 봤다. 엄청난 반대까지는 아니었지만, 아들의 앞날에 대한 걱정을 하던 분이었는데 연성의 어머니는 이제 휴대폰을 이용해 응원 메시지까지 보내고 있었다.

"어머님, 안녕하세요."

"네, 안녕하세요."

연성의 어머니는 한겸을 보며 인사를 하긴 했지만, 순간 코를 찡긋거리는 걸 보면 무언가 마음에 안 드는 것이 있는 것 같았다. 촬영도 빨리 끝났기에 연성이 무리하는 일도 없는데 못마땅해하는 표정이었다. 그러더니 한숨을 크게 뱉었다. 뭔가 자신이 졌다는 듯한 그런 느낌이었다. 그러고는 한겸의 손을 덥석 잡았다.

"앞으로도 우리 연성이 잘 부탁해요."

"아, 오늘은 끝났어요. 연성 씨가 잘 해줘서 빨리 끝나서 이제는 촬영 없을 거예요. 이제 푹 쉬면서 치료 받으시면 될 겁니다."

"그게 아니라요. 연성이하고 인연도 있으니까 광고 만들 때 연성이 좀 잘 좀 부탁드려요."

지금 분위기를 멋쩍어하던 연성이 급하게 대화에 끼어들었다.

"엄마, 허락해 주시는 거예요?"

"널 어떻게 말려! 너, 진짜 열심히 해야 돼!"

한겸은 연성을 가만히 쳐다봤다. 분위기를 보아 연성이 무언가에 대한 허락을 구하는 것처럼 보였다. 자신과의 인연으로 부탁을 하는 걸 보아 한 가지 직업이 떠오르긴 했다.

"혹시 연예인 하려고요?"

"네? 제가요?"

"아니에요?"

"아니죠! 제가 잘생긴 것도 아니고 연기나 노래를 잘하는 것도 아닌데 연예인을 하기는 좀 그렇죠."

"그럼요?"

"저도 광고를 만들어보고 싶어서요."

한겸은 놀란 표정을 지으며 연성을 봤다. 전혀 생각지도 못한 얘기였다. 하지만 광고 일이라는 게 생각보다 힘들었기에 약간 걱정은 됐다.

"많이 힘들 텐데 괜찮아요?"

"그거 때문에 엄마가 많이 반대하셨어요. 제가 다리가 불편하다 보니까 그러시죠."

"다리가 불편한 건 크게 상관은 없어요."

"그러니까요. 그런데도 엄마는 김 프로님을 보고 걱정이 많으셨나 봐요. 맨날 밖에 돌아다니고 집에도 안 가고 그러는 것만 보니까 반대하시더라고요."

광고 일을 하는 사람들이 전부 그런 건 아니었다. 다만 연성의 어머니가 광고에 관련된 사람을 보는 것은 자신뿐이었기에 그렇게 생각하는 것이 당연했다. 그런 연성의 어머니가 뭘 보고 생각을 바꾼 것인지 궁금했다.

"계속 반대하셔서 오늘 촬영하는 거 제가 구경 오라고 했거든요."

아직 제대로 된 답을 듣지 못했을 때, 연성의 아버지로 보이는 사람이 연성에게 기특하다는 눈빛을 보내며 말했다.

"네가 말했던 것처럼 모든 빛이 너에게만 집중되는 것 같더라. 우리 아들 엄청 멋있었어."

"모델이 저 혼자니까 당연히 집중되죠. 아버지는 오글거리게……."

"너, 네 표정 보면 그런 말 못 해. 사고 나고부터는 너도 모르게 짓는 그 걱정 어린 표정이 있었는데 광고 찍으러 다니면서부터 점점 바뀌더라."

"나중에요… 다른 사람도 있는데 그런 말을 왜 밖에서……."

"뭐 어때! 자랑스럽기만 한데! 너, 진짜 뭐든지 다 할 수 있을 것 같은 표정이었어. 그래서 너도 보러 오라고 한 거잖아."

"그렇긴 한데 부끄럽잖아요."

한겸은 아버지의 말에 동의한다는 듯 웃으며 고개를 끄덕거렸다. 그러자 연성이 쑥스러워하며 말했다.

"사실 티는 안 냈는데 앞으로 어떻게 살아야 되나 걱정은 되더라고요. 그런데 그동안 촬영하면서 다른 분들을 만나다 보니까 각자 어려움이 있다는 걸 알았어요. 그걸 보다 보니까 저도 용기가 생기더라고요."

연성이 말하는 것이 이번 광고를 제작한 목적이다 보니 한겸은 뿌듯한 느낌이 들었다. 그때, 연성이 말을 이었다.

"그리고 김 프로님 보면서 그동안 내가 했던 노력은 노력이 아니었구나라는 걸 느꼈어요. 사실 그래서 광고 일이 힘들 거 같아서 약간 겁도 났는데 저도 해보고 싶더라고요."

"힘들긴 해도 보람은 있어요."

"네! 그러니까요. 그리고 다른 사람에게 영향력을 끼칠 수 있는 게 가장 멋진 거 같더라고요. 저처럼 힘들어하는 사람들한테 용기를 줄 수도 있고요."

"꼭 그런 일만 하는 건 아니에요. 아시겠지만 상품 판매 광고도 만들어야 하고요."

"그건 알아요. 그런 것도 하다 보면 언젠가는 저도 김 프로님처럼 남들에게 영향을 주는 광고를 만들 날이 오겠죠. 제 롤 모델이 김 프로님이거든요."

한겸은 기분 좋은 미소를 지었다. 누군가의 롤 모델이 되었다는 것 때문은 아니었다. 아직 그 정도는 아니라는 생각에 민망함이 더 컸다. 그저 지금 만든 광고로 누군가에게 좋은 방향으로 영향력을 끼칠 수 있다는 것이 기뻤다. 완성된 광고를 본 사람들도 연성과 비슷한 느낌을 받을 것 같았다. 성공적인 광고가 될 것이라는 확신이 생겼다. 그때, 연성의 어머니가 한겸의 손을 잡았다.

"그러니까 우리 연성이 좀 잘 가르쳐 주세요."

"엄마! 난 아직 C AD는 못 간다니까. 열심히 경험부터 쌓고,

그리고 갈 거니까 김 프로님 부담 주지 마세요."

"그래, 연성이가 알아서 한다니까 우리는 지켜보자고."

연성의 가족의 대화에 한겸은 가볍게 웃었다.

"연성 씨라면 좋은 광고 만들 수 있을 거예요. 그리고 궁금한 게 생기면 언제든지 연락해요."

"진짜요?"

"그럼요."

한겸이 미소 지을 때 언제 왔는지 범찬의 목소리가 들렸다.

"진짜 도와줄걸? 겸쓰는 좋은 광고 보려고 다른 회사에까지 참견하거든. TX 알지? 요즘 잘나가는 거 다 우리 때문이야."

한겸이 웃으며 고개를 끄덕거리자 연성은 부담스러울 정도로 감격한 표정이었다. 그러자 범찬이 피식 웃더니 말했다.

"오늘 여기저기서 청춘드라마 많이 찍네. 그런데 너 겸쓰랑 친구 하기는 글렀네?"

"어?"

"앞으로 일로 만날 거 아니야. 그럼 친구 하기는 글렀어."

벅차하던 연성은 눈을 껌뻑거리며 한겸을 봤다. 한겸은 피식 웃고는 범찬에게 어깨동무를 하며 말했다.

"너도 일하는 사이인데 범찬 씨로 불러줘? 이상한 소리 하지 말고 빨리 갈 준비나 하자. 음……."

한겸은 연성을 보며 잠깐 머뭇거리다가 입을 열었다.

"연성아, 간다. 내일 회식하니까 꼭 참여하고. 내일 보자. 어머님, 아버님. 저희 가보겠습니다."

인사를 한 한겸은 곧바로 현장으로 향했다.

*   *   *

한국방송광고협의회인 샤인의 전략 영업 2팀장인 강진국은 광고 영업 본부장에게 보고를 하고 있었다. C AD 대표와 미팅을 할 때마다 보고를 하고 있었기에 몇 번째 보고인지 기억도 나지 않을 만큼 많은 보고가 이뤄졌다. 그때마다 본부장은 시큰둥했다.

"도대체 이걸 왜 자꾸 보고하는 건데?"
"C AD라서 보고하는 겁니다."
"하, 그래. 음주 운전 포스터가 성공했다는 건 알아. 그런데 이번 건 우리가 의뢰하고 그런 게 아니잖아."

"음주 운전 광고도 지희가 의뢰한 게 아니라 C AD에서 들고 온 겁니다."

"어찌 됐든 예정에 없던 일이잖아. 지금 당장 쌓여 있는 일만 해도 바빠 죽겠는데 왜 시키지도 않은 일까지 하고 있어. 강 팀장 C AD에 돈 먹었어?"

"무슨 그런 말씀을 하세요."

"자꾸 C AD 건을 보고하니까 하는 말 아니야."

"본부장님, C AD가 먼저 들고 온 거면 진짜 좋은 거라니까요. 진짜 저희 전략 영업 팀 성과를 한 번에 올릴 수 있는 그런 기회입니다."

"그래도 절차라는 게 있는 거야!"

이번 역시 본부장의 태도는 같았다. 그래도 다행히 그동안은 서류로만 보고를 했던 것과 달리 오늘은 보여줄 수 있는 자료가 있었다.

"C AD에서 제작 중인 광고 영상인데 이거라도 봐주세요."

"뭔 입찰도 안 됐는데 광고를 만들어. 우리가 우스워?"

"그만큼 자신 있다는 겁니다. 한번 보세요."

"됐어. 행정 부서들에서 광고 만들라고 얘기도 없었는데 우리가 만들었으니까 예산 내놔라 한다고 내놓겠어? 재무 예산 팀에서 안 된다고 그러면 우리가 직접 나서야 되는데! 그거 조율하려면 머리 다 빠져요."

"그거 제가 할게요!"

"너, 도대체 왜 그러냐? 실적 쌓아서 1팀 팀장 하려고? 1팀이나 2팀이나 돈 받는 건 똑같은데 욕심은. 아니면, 설마 내 자리?"

"이번에 잘되면 저도 한 걸음 나아가고 본부장님도 더 위로 올라가시고 그런 거 아니겠습니까. 음주 운전 광고로 본부장님 연장되셨잖아요. 이번에도 터지면 협회장까지 갈 수 있지 않겠습니까? 일단 한번 보고 판단해 주세요."

"아이, 일도 많아 죽겠는데 귀찮게. 줘봐."

강 팀장은 히죽 웃으면서 들고 왔던 태블릿 PC를 본부장에게 내밀었다. 완전한 광고가 아니라 일부분이지만 이걸 보면 본부장도 마음이 바뀔 것이었다. 본부장은 귀찮은 표정으로 태블릿 PC를 바라봤다.

"어? 뭐야. 벌써 이렇게까지 만든 거야?"

"장난 아니죠? 성별에 상관없이. 다음 내용은 아직 못 봤는데 기획안 보면 전부 임팩트가 장난 아니에요."

"뭐야. 이거, 이대로 내보내도 되겠는데?"

본부장은 자세를 고쳐 앉으며 영상에 관심을 보였다. 강 팀장은 속으로 쾌재를 부르며 본부장을 지켜봤다.

"다음도 이렇게 촬영했대?"

"지금 편집 작업 하고 있다고 들었으니까 거의 다 한 거 같습니다."

"그래? 이야… 이거 잘됐다."

"그렇죠?"

"우리한테 완전 봉이었네. 왜 그렇게 강 팀장 너하고 미팅했는지 이제 이해가 되네."

"네?"

본부장은 산삼이라도 발견한 사람처럼 눈빛을 반짝이며 말했다.

"이렇게 잘 만들었는데 그냥 묵힐 수는 없잖아. 제작비 건질 생각이니까 그렇게 찾아오는 거지."

"……."

"뭘 그렇게 봐. 너, 본부장 하려면 이거 예산관리가 가장 중요해. 거기다가 보건복지부나 국가인권위원회에 이거 제안하면서 예산 깎을 수 있다고 해봐. 그럼 앞으로 무조건 네 편이야. 그게 끝인 줄 알아? 이 광고 싸게 받으면 앞으로도 광고 입찰할 때 최저 예산으로 공고 낼 수 있어. 재무 예산 팀도 무조건 네 편이다. 이 정도 예산에 이런 광고 나왔으니까 너희들도 해봐라. 이러면 뭐라 그럴 거야."

강 팀장은 할 말을 잃은 채 본부장을 쳐다봤다. 자신이 본 성 대표나 김 프로는 안 하면 안 했지 이런 식으로 넘어갈 사람들이 아니었다.

"강 팀장, 이거 진행해 봐."

*   *   *

며칠 뒤. 범찬과 종훈과 수정, 두 사람은 당장 맡은 일이 없었기에 신입 팀원들이 맡은 DooD의 홍보를 도와주는 중이었다.

"와, 이제는 다들 잘하시는데요?"

임 프로와 신입 팀원들은 미소를 지었다.

"저희가 한 게 있나요. DooD에서 골라주면 그거 홍보할 곳 알아보는 정도인데요."
"그래도요. 종훈이 형 뭐 하고 있어요! 가만있지 말고 박수!"

종훈은 웃으며 박수를 치는 반면 수정은 콧방귀를 끼며 무시했다. 그러고는 임 프로에게 말했다.

"대상 선정하는 건 어렵지 않아요?"
"당연히 어렵죠. 그래서 오래 걸리더라고요. 혹시라도 이상한 사람이면 지금까지 한 게 도루묵이 되어버리니까 검증하고 그러더라고요."

"그래도 대상은 좀 있나 보네요."

"고를 사람은 엄청 많죠. JD 채널 보시면 추천하는 댓글이 대부분이에요. 진짜 프로님들 덕분에 JD하고 DooD 인지도가 하늘을 찌를 기세예요. 그런데 김 프로님은 언제 오세요?"

"한겸이는 왜요? 물어볼 거 있으면 저희한테 물어보세요."

"그건 아니고 저희도 네 분이 어떤 광고 만들었을지 궁금해서요."

수정은 범찬과 종훈을 쳐다봤다. 그러고는 세 사람이 동시에 씨익 웃었다.

"촬영 다음 날 회식했거든요? 거기서 겸쓰가 어떻게 했는지 알려줄까요?"

"뭐라셨는데요? 김 프로님이라면 바로 일하러 가시지 않았을까요?"

"어? 어떻게 아셨어요? 아! 임 프로님 겸쓰랑 대만 같이 갔었지! 아무튼 머리 떡져서 제일 늦게 등장해서 갑자기 소주 원샷하더니 '저, 우리 광고 봐야 돼서 먼저 가볼게요. 여러분 덕분에 제가 원하던 광고 만들 수 있어서 행복합니다. 그럼 즐기세요' 그러고 갔어요."

"푸하하. 완전 김 프로님하고 똑같아요!"

"제가 좀 하죠. 겸쓰 지가 무슨 말 했는지도 모르고 대충 말하고 간 걸 거예요. 아주 횡설수설하고 갔거든요."

"와, 궁금하다."

"영상 보셨잖아요."

"완성된 건 못 봤거든요."

"아! 그건 아직 저희도 못 봤어요."

"완성되면 저희도 꼭 보여주세요! 그리고 다음에는 저희도 꼭 껴주세요."

종훈과 수정도 회식 때를 떠올리고는 피식 웃었다. 빨리 돌아가려던 한겸 때문에 Do It의 프로듀서인 오중은 살려달라며 애원까지 했지만 결국 한겸에게 납치당하듯 사라졌다. 그리고 오중 말고도 한 사람이 더 있었다.

"최범찬, 경용이 오빠한테 연락해 봤어?"

"넌 아빠한테 물어보면 되잖아."

"아빠 회식 다음 날부터 못 봤거든? 전화해도 짜증 내! 오빠들한테 연락하면 다들 이상한 노래나 부르고 있고. 경용이 오빠가 만든 거 같긴 하던데."

"경용이 형은 그래도 전화는 받던데. 아까 전화하니까 자고 있는 거 같아서 바로 끊었지. 딱 봐도 겸쓰한테 노동착취당했어."

"경용이 오빠는 그나마 즐기니까 다행이지. 그나저나 진짜 어떤 거 들고 올지 궁금하네."

그때, 마침 한겸이 왔는지 계단을 부수듯 올라오는 소리가 들렸다. 그러고는 사무실 문이 열리기도 전에 한겸의 목소리가 들렸다.

"다들 모여 봐봐!"
"이미 모여 있다! 아… 야, 너 안 씻어? 그러고 왔어?"
"괜찮아. 경용 씨랑 택시 타고 왔어."
"안녕하세요… 저도 왔습니다……."

팀원들은 한겸과 경용을 보며 헛웃음을 뱉었다. 두 사람 모두 초췌하다 못해 더러워 보이기까지 했지만 굉장히 기뻐하고 있었다. 그만큼 좋은 광고를 만들었을 거란 생각에 다들 테이블에 모였다.

"잠깐만! 사무실 식구들하고 플랜 팀하고 포스터 팀도 올 거야. 그동안 준비 좀 하자."
"무슨 준비를 해?"
"이건 그냥 봐선 안 돼. 불 끄고 스크린 내려봐."
"얼마나 좋길래 그래. 노래가 잘 나왔어?"
"어. 아직 완성된 건 아닌데 진짜 잘 나왔어."
"완성된 것도 아닌데 네가 좋다고 한다고?"
"완성된 거나 다름없어. 좀 더 퀄리티를 높이는 정도야."

팀원들이 궁금해하며 준비를 했다. 잠시 뒤 우범과 사무실 직원들이 올라왔고, 용환과 플랜 팀원들도 도착했다. 마지막으로 선진과 포스터 팀까지 도착하자 서 있기도 좁은 상태가 되었다.

한겸은 모두가 도착하자 곧바로 영상을 재생했다. 병원부터 시작되는 장면이었고, 직원들 모두가 이미 봤던 영상이었기에 큰 반응은 없었다. 그것도 잠시, 첫 번째 카피인 '성별에 상관없이'가 나오고 연성이 이동하는 장면이 나오자 화면을 보던 모든 사람들의 입이 모아졌다.

"호, 느낌이 묘한데요. 뭐라고 해야 되나. 모델 표정하고 다른 느낌인데."
"BGM 때문인가? 그런데 아카펠라 맞죠?"
"쉿! 쉿! 일단 보고 얘기하자고."

앞부분에서는 피아노를 바탕으로 한 연주가 들렸는데 이동하는 장면에서는 사람의 입으로 낸 소리가 들렸다. 연성의 표정은 굉장히 평온했지만, BGM은 굉장히 웅장하기도 했고 속도감이 있는 것처럼 느껴져 이질감이 들었다. 그리고 또다시 JD 손해보험으로 화면이 넘어갔고, JD의 영상이 끝나자 또다시 사람들이 내는 소리가 들렸다.

"이번은 아까보다 더 편한 느낌이네요. 아! 죄송합니다."

사람들의 반응을 살피던 한겸은 경용을 보며 씨익 웃었다. 그러자 경용도 다행이라는 듯 가슴을 쓸어내리며 웃었다.

잠시 뒤, 영상이 모두 끝났다. 그럼에도 모든 사람들이 화면을 멍하니 보고 있었다. 그 모습을 본 한겸은 웃으며 박수를 쳤다.

짝!

박수 소리와 동시에 C AD 직원들은 서로를 보며 떠들어대기 시작했다.

"와, 이거 드라마 같은 느낌이네요. 엄청 몰입되는데요?"
"게다가 마지막에 노래랑 안연성 씨 얼굴이랑 합쳐지니까 뭔가 뭉클하네요."
"진짜 좋다. 뭔가 팍 하는 느낌은 아닌데 뭔가 뿌듯한 느낌도 드는 게 엄청 인상적이네."

한겸은 씨익 웃으며 팀원들을 봤다. 그러자 한겸과 눈이 마주친 범찬이 피식 웃으며 말했다.

"이거 안연성의 대모험이네."
"역시 잘 아네!"
"너 혼자 만들었냐? 같이 만들었는데 나도 알지! 그런데 이동신에 넣은 게 진짜 대박이네. 이거 경용이 형이 만든 거야?"
"응. 합창단이 부를 부분이야. 경용 씨가 설명 좀 해주세요."

퀭한 얼굴의 경용에게 시선이 집중되었다. 그러자 경용이 얼굴을 한 번 쓰다듬고는 입을 열었다.

"다 합쳐진 영상을 보고 만든 거뿐이에요. 이동하는 장면은 아무래도 모델이 장애인이다 보니까 여러모로 힘들 거 같더라고요. 그래서 약간은 합창단을 베이스 위주로 넣었고요. 그다음은 조금 익숙해지니까 베이스와 테너, 알토까지 넣었고요. 아! 혼성 4성부 합창단이에요."

"형, 그건 뭔지 모르니까 다음요!"

"아! 아무튼 합창단으로만 진행이 되도록 만들었어요. 그리고 마지막에는 소프라노까지 참여하면서 모델의 성공적인 여행을 축하하는 느낌이에요."

"와! 경용이 형 완전 실력자네!"

"사실 내가 한 건 아니야. 김 프로님이 하라는 대로 한 거야."

"겸쓰가요? 겸쓰 음악 고자인데?"

경용은 웃으며 말을 이었다.

"곡은 좋은데 조금 더 응원을 받는 느낌이면 좋겠다고 하셔서 어떻게 할까 고민하고 있었거든. 그런데 김 프로님이 방 PD님하고 다른 PD님들이 따라 부르는 거 보더니 진짜 사람 목소리로 하면 어떻겠냐고 그래서 만든 거지. 사람 목소리가 들어가니까 모델을 응원하는 느낌도 들더라고."

"그럼 그렇지! 역시 겸쓰! 소 뒷걸음질 치다가 쥐 잡은 격이긴 해도 진짜 응원하는 느낌이네. 한 번 더 보자!"

한겸은 피식 웃고는 모여 있는 사람들에게 말했다.

"다들 어떻게 보셨어요?"
"역시 우리 기획 팀입니다! 이건 롱런할 광고 같습니다!"
"칸 시상식에 미리 자리 준비해야 될 것 같은데요?"

입을 연 사람은 일부였지만, 다들 박수로 대답을 대신했다. 한겸은 만족해하는 표정으로 모두를 보며 말했다.

"아직 끝난 건 아니지만, 제가 하고 싶은 대로 할 수 있게 도와주셔서 다들 감사합니다."

한겸은 진심으로 고개 숙여 인사를 했다. 다들 한겸을 보며 미소를 지을 때 그동안 입을 다물던 우범이 말했다.

"이제 다 끝난 건가?"
"아직은 아니에요. 이거 합창하는 부분은 제대로 된 합창단으로 넣으려고요. 아무래도 비용이 많이 들어갈 거 같아서 이건 예산을 받은 다음에 진행하는 게 좋을 거 같아서요."
"그렇군. 문제는 없을 거다."

우범이 말이 끝나기 무섭게 사무실 직원인 장 프로가 큰 소리로 외쳤다.

"며칠 전부터 샤인에서 미팅하자고 연락 오고 있습니다! 저희 광고 일부분만 봤는데 엄청 마음에 들어 합니다!"

"와! 잘됐네요!"

우범은 피식 웃고는 한겸을 보며 말했다.

"어쩐 일인지 샤인에서 계속 연락을 하더군. 이번 미팅에는 광고에 대해서 제대로 된 설명을 하는 게 좋을 것 같아서 너하고 같이 가려고 미뤘다."

"미팅 언제예요?"

"이제 잡아야지."

우범은 한겸을 쳐다보며 헛웃음을 뱉었다.

"오늘은 참아라. 오늘은 일단 집에 가서 좀 씻고 쉬는 게 좋겠다."

"전 괜찮아요."

"너 냄새나서 내가 안 괜찮다."

한겸은 머리를 쓰다듬고는 손을 코에 가져갔다. 그러고는 이해했다는 듯 고개를 끄덕거렸다. 그와 동시에 모두가 어이없다는 듯 웃어버렸다.

*　　　　*　　　　*

다음 날. 샤인에 도착한 한겹은 오랜만에 하는 프레젠테이션임에도 불구하고 긴장한 모습을 찾아볼 수 없었다. 긴장하기보다는 누군가에게 광고를 보여줄 수 있다는 생각에 설레는 표정이었다. 그런 한겹을 보던 우범은 못 말린다는 듯 피식 웃었다.

"집에서 쉬라니까 무슨 준비를 이렇게 해 온 거냐."
"제대로 보여주려고요. 그런데 이번에 담당하시는 분이 예전에 저희 담당하셨던 강 팀장님이세요?"
"맞다. 많이 신경 써주더군."

그때, 강 팀장이 직접 커피를 들고 들어왔다.

"성 대표님 안녕하세요. 아! 김 프로님! 오랜만에 뵙습니다! 광고 잘 봤습니다."

한겹은 가볍게 인사를 했다. 그러고는 다른 사람이 없나 확인했다. 프레젠테이션을 받으려면 다른 직원들도 함께여야 할 텐데 강 팀장 한 명뿐이었다. 한겹은 궁금한 마음에 직접적으로 질문했다.

"프레젠테이션 혼자 받으시는 건가요?"

질문을 받은 강 팀장은 마치 비밀 얘기라도 하려는 사람처럼 닫힌 문을 한 번 확인했다. 그러고는 무척 조심스럽게 입을 열었다.

"광고 진짜 잘 봤어요. 일부분만 봤는데도 그 정도인데 너무 좋더라고요."
"감사해요. 완성된 거 보면 더 마음에 드실 거예요."
"완성하셨어요? 와, 기대되… 음."

강 팀장은 불안한 눈빛으로 우범과 한겸을 번갈아 봤다. 몇 번이나 입술을 깨물며 고민하는 모습을 보이더니 이내 입을 열었다.

"사실 미팅 시간을 30분 일찍 알려 드렸어요. 그게… 좀 그런데 나쁘게 듣지 말아주세요."

한겸은 잘 만든 광고였기에 문제없이 잘 진행되길 바라는 마음 때문인지 약간 긴장이 되었다.

"순서가 좀 이상하잖아요. 예산을 받고 광고 제작을 하는데 이번에는 반대잖아요. 그래서 그게 좀 문제예요. 위에서 예산을 깎으려고 할 거거든요. 실례지만 제작비가 얼마 정도 인지……."

"아직 더 들어가야 하지만 지금까지는 1억 7,000만 원이 넘습니다."

"아… 제작비만이요?"

"그렇습니다."

"저희 한 편당 평균 공익광고 예산이 얼마인지 아시죠? 어이구… 공익광고치고 역시 많네요."

한겸은 머쓱해하며 헛기침을 뱉었다. 보통 하루에 끝나는 광고와 달리 한겸은 한번 시작하면 며칠이나 촬영이 진행되었다. 수많은 스태프들을 데리고 몇 날 며칠을 촬영하다 보니 제작비가 늘어나는 건 당연했다. 게다가 버스 같은 소품까지 여러 가지를 준비하다 보니 제작비가 더 늘어날 수밖에 없었다.

"저… 아시겠지만 저희 예산이 국민들 세금으로 집행되거든요. 그래서 저희는 최대한 예산을 적게 잡으려고 할 겁니다. 아마… 제작비는 4천만 원 이하로 잡으려고 할 겁니다. 게재비까지하면 많아야 1억 5천 정도 될 겁니다."

강 팀장은 무척이나 미안해하는 표정으로 두 사람을 봤고, 한겸은 예상과 달리 흘러가는 상황에 인상을 찡그리며 우범을 봤다. 그러자 우범이 피식 웃으며 한겸의 등을 두드렸다.

"그럼 샤인하고는 못 합니다."

"그럼 어디로 하시려고요."

"공익광고이다 보니 샤인을 먼저 찾은 것뿐이지 저희 광고에 참여한 JD나 DooD와도 얘기가 오가는 중입니다. 저희가 알아본 바로는 기업에서도 공익성을 띤 광고를 내보낼 수 있다고 알고 있습니다."

"아유, 무슨 그렇게 섭섭하게 말씀을 하세요."

강 팀장은 십년감수했다는 표정으로 한숨을 뱉었다.

'이것 봐! 본부장 말대로 했으면 망할 뻔했네!'

강 팀장은 애써 표정 관리를 하고는 조심스럽게 입을 열었다.

"그러지 마시고, 공익광고인데 기업 이름이 들어가 있으면 조금 이상하지 않을까요?"

"그렇다고 손해를 볼 수는 없는 거 아니겠습니까?"

"그런데 아마 저희 본부장님은 그렇지 않을 겁니다. 어떻게 해서든지 예산을 적게 잡으려고 할 거예요."

"그럼 저희는 다른 곳을 알아봐야겠죠."

"그래서 제가 본부장님 모르게 예산을 제대로 받을 수 있는 방법을 알아봤죠. C AD가 저하고 또 인연이 있지 않습니까?"

강 팀장은 간사하다고 느낄 정도로 친절하게 웃었다.

＊　　　＊　　　＊

예산을 깎는다는 말에서 이미 마음이 상했던 한겸은 강 팀장의 표정이 달갑지 않았다. 그래도 우범도 가만히 있었고, 다른 방법이 있다는 말에 일단은 입을 다문 채 강 팀장을 지켜봤다.

"제가 도움을 드리려고 하는 겁니다. 사실 올바른 방법은 아닌데 그렇다고 위법은 또 아닙니다."

"말씀해 보시죠."

"사실 꼼수긴 한데 보건복지부와 국가인권위원회에 직접 프레젠테이션을 하시는 겁니다. 저희 쪽으로 잡혀 있는 예산도 있지만 직접 홍보를 하려고 쟁여둔 예산도 있거든요. 그 예산을 가져오는 거죠."

"쉽게 말하면 우리가 샤인이 할 일을 대신 하라는 거군요? 결국은 공익광고이다 보니 샤인에서 담당할 텐데 말이죠."

"그렇게 볼 수도 있지만, 현재 저희한테 배정된 예산이 정해진 상태라서요. 그리고 아시겠지만, 저희는 최소한 예산을 배정해야 실적이 쌓이거든요. 그래서 더 받기도 힘들 겁니다. 대신 직접 미팅 잡고 프레젠테이션 잡고 하려면 번거로울 테니 제가 도와드리겠습니다. 제가 미팅 자리에 참여할 수는 없지만 그래도 미팅은 만들어 드릴 수 있습니다."

"이번은 그렇다 치죠. 그런데 앞으로 샤인과의 관계가 좋진 않을 것 같군요."

"아니죠! 좋은 광고를 만들어주시는데 저희 쪽에서 관계를 유지하고 싶어 할 겁니다."

C AD로서는 번거롭기는 해도 제대로 예산을 받을 수 있었기에 손해 보는 제안은 아니었다. 다만 왜 강 팀장이 이렇게까지 도와주는 건지 의심은 되었다. 우범은 한겸을 한번 쳐다보고는 입을 열었다.

"그럼 샤인에서 집행하는 광고가 아니게 될 텐데 이렇게 도와주려는 의도가 궁금하군요."

"정말 좋은 광고라고 생각하니까 그런 거지 다른 의도는 없습니다. 전에 음주 운전 광고도 정말 좋았는데 이번 것도 잠깐만 봤는데도 그에 못지않은 느낌이더라고요."

강 팀장은 약간 과장된다고 느낄 정도로 칭찬을 해댔다. 그러고는 목을 가다듬은 뒤 천천히 입을 열었다.

"다만 아무래도 보건복지부에서 광고한다고 알리는 것보다 총괄적으로 보이게 하려면 공익광고협의회라는 이름이 필요하지 않겠습니까? 그리고 무엇보다 전문적으로 광고 일을 하는 사람이 C AD에 더 도움이 되지 않을까요?"

"그렇긴 하죠."

"그거 때문에 제가 조심스럽게 말씀드리는 겁니다. 예산은 행정부에서 받아 오고 저희한테 공문이 내려오게 될 겁니다. 그러니까… 거기서 허락을 하면 책임자를 저로 하겠다고 해주시기만 하면 됩니다. 그럼 행정부에서 직접 내려오는 예산이라서 삥 땅 칠 수도 없습니다. 저는 저대로 C AD에 도움을 드릴 수 있고 요."

강 팀장은 말을 끝내고는 우범과 한겸의 대답을 기다렸다. 우범은 잠시 고민을 하는 듯 보였고, 한겸은 상황이 어떻게 흘러가는지 단번에 이해했다. 광고를 좋게 본 강 팀장이 자신의 실적을 쌓을 기회라고 판단한 듯 보였다.

"어휴, 미팅 시간이 거의 다 됐네요. 고민해 보시고 저한테 꼭 연락 주십쇼! 아! 제가 찾아뵙죠!"

*　　　*　　　*

미팅을 끝내고 C AD로 돌아가는 한겸의 표정은 그다지 좋아 보이지 않았다. 강 팀장을 통해 상황을 알고 있었지만, 직접 겪고 나니 무척 씁쓸했다. 공익광고를 자신들만 담당하고 있다고 생각하는지 조율할 여지도 주지 않고 최저 예산만을 책정해 진행하자고 했다.

"도둑놈들이 진짜 많지?"
"그러게요."
"다 살아남겠다고 그러는 거다. 기본적인 절차에 맞지 않게 진행한 우리 탓도 있으니 어느 정도는 이해해야지. 그리고 예산이 그 정도라는 건 이미 예상하고 있었다."

한겸은 운전을 하고 있는 우범을 멀뚱히 쳐다보며 말했다.

"그런 분이 안 한다고 하셨어요?"

"이해만 하는 거지. 이해한다고 다 받아들일 필요는 없지. 이해는 하되 조건이 맞지 않으니 서로 갈 길을 가는 거다. 그리고 하게 되더라도 예산을 최대한 많이 받아야 하니까 그런 거다."

"그 본부장도 대단한 거 같아요. 안 한다고 하면 당황할 만도 한데 그러라고 해서 깜짝 놀랐어요."

"자기네밖에 없다고 생각하니까. 아무튼 넌 프레젠테이션만 하고 나머지는 내가 맡을 테니까 너무 걱정하지 마라."

"그래도 기분은 좀 별로네요."

"정 안 되면 DooD와 JD, 충무병원에서 후원을 받아서 광고해도 된다. 이미 어느 정도 언질은 해놓은 상태다."

한겸은 깜짝 놀란 표정으로 우범을 봤다.

"아까 그냥 한 말이 아니었어요?"

"시간 아깝게 없는 말을 뭐 하러 해."

"이미 얘기된 거예요? 전 전혀 몰랐는데요. 그럼 샤인에 올 필요 없었던 거 아니에요?"

"그럴 순 없지. 예산을 받을 수 있는 곳이 한 곳이라도 더 있어야 하니까. 그래야지 그만큼 많은 사람들이 볼 수 있겠지?"

한겸은 헛웃음을 뱉고는 별다른 표정 변화 없는 우범을 봤
다.

"내 일이니까 한 거다."
"후, 그럼 그동안 DooD에 다니신 게 홍보 때문이 아니었어
요?"
"홍보는 기획 팀에서 맡고 있는데 내가 갈 일은 없지."
"그럼 JD는 언제 만나셨어요?"
"혹시 싫어서 한 대표님과 만났다."
"언제… 아! 혹시 만나서 항아리 가셨어요?"
"그랬지. 우리 모델이기도 하고 JD에 도움이 될 일이니까 우리
광고에 후원을 하라고 제안했다."

우범이 보이지 않는 곳에서 움직이던 게 이런 일이라고는 예
상하지 못했다.

"확정은 아니고 언질만 해둔 거지. 샤인에서 이렇게 나올 게
뻔했으니까."
"예상하셨어요?"
"평균치가 있으니까. 그리고 나 같아도 완성된 걸 가져오면 가
격 흥정부터 할 것 같은데? 그게 내가 할 일이니까 부담스럽게
쳐다보지 마라. 운전 방해된다."

우범은 광고만 만들 수 있도록 해주겠다고 자신이 했던 말을 지키고 있었다. 한겸은 그동안 이리저리 움직였을 우범을 생각하며 미소를 지었다.

"정말 감사해요."

우범은 한겸의 감사 인사를 피식 웃어넘겼다. 그때, 블루투스로 연결된 자동차의 스크린에 메시지가 도착했다는 표시가 떴다.

"강 팀장님인데요?"
"눌러봐라."

강 팀장의 메시지를 본 한겸은 놀란 표정으로 혀를 내밀었다.

[내일 3시나 모레 11시 어떠신지요?]

"미팅한 지 얼마나 됐다고 엄청 빠르네요."
"다 네가 광고 잘 만들어서 그렇다. 아까 잠깐 보여주는데도 다들 눈 돌아가더라. 그만큼 놓치고 싶지 않은 거다. 그리고 강 팀장 그 사람, 그렇게 안 봤는데 아주 뒤가 없는 사람이더군."
"그러게요. 승진해도 당장 본부장 되는 건 아니잖아요. 샤인에서 이 사실을 알고 나면 껄끄러울 텐데."

"그렇지. 그리고 우리와도 껄끄럽긴 하겠지."

"음......."

"그래도 우리로서는 해야 할 일이니까."

"껄끄럽지 않게 만드는 건 어떨까요?"

"방법은 있고?"

"강 팀장님이 말한 걸 조금 돌려 말하면 될 거 같긴 한데."

한겸은 웃으며 우범을 쳐다봤다.

*　　　　*　　　　*

며칠 뒤. 샤인의 본부장은 밝은 표정으로 콧노래까지 불러댔다. 며칠 전 봤던 C AD의 광고가 머릿속에 맴돌았다.

"진짜 좋았어. 자극적이지도 않으면서 뇌리에 딱 박힌단 말이야. 공익광고로는 최적화되어 있어. 아주 좋아."

"저도 동감합니다. 그러니까 예산 좀 제대로 해주시지."

"다 이런 거야. 어떻게 다 주면서 일을 해. 그런데 왜 대답이 없을까? 힘 싸움 하는 거겠지? 강 팀장이 연락 한번 해봐."

"제가요? 저번에 성 대표가 안 한다고 하고 갔는데......."

"그러니까 예산 천만 원 정도 더 올려준다고 하고 연락해 봐. 지금쯤 기다리고 있을 거야."

강 팀장은 나오는 한숨을 삼켰다. 그때, 본부장실에 놓인 전화기가 울렸다. 전화를 받은 본부장은 강 팀장을 보며 갑자기 고개를 갸웃거렸다.

"왜 그러세요?"

"재무 예산 팀인데 조금 이따가 보건복지부하고 국가인권위원회하고 회의하니까 거기 참석하라는데. 무슨 일이지? 뭐야, 아는 거 있어?"

"저요? 아니요?"

"그런데 왜 그렇게 웃어. 실없기는. 그나저나 C AD나 잘해봐. 네가 가져왔으니까 2팀에 맡길 테니까. 대신 영민이한테는 비밀이다? 알지? 1팀 알면 나도 곤란해."

"알죠……."

강 팀장은 애써 표정 관리를 했다. C AD에서 보건복지부와 인권위원회에 프레젠테이션을 성공적으로 마쳤다는 얘기는 이미 전해 들어 알고 있었다. 게다가 자신을 담당자로 지목했다는 얘기까지 들었다.

그런데 이렇게 연락이 오니 가슴이 콩닥거리기 시작했다. 일을 벌이긴 했는데 막상 실제로 이뤄지다 보니 불안했다. 게다가 신경 써주려고 하는 본부장의 모습을 보자 괜한 일을 벌인 건가 싶었다. 너무 이기적으로 자신만 생각했다는 생각도 들었다.

"우리 영업 본부까지 부를 정도면 무슨 일을 새로 진행하려고 그러는 거겠지? 일단 다녀와서 알려줄 테니까 그것도 준비하고."

본부장은 밝은 표정으로 본부장실을 나섰고, 강 팀장은 더 불안하기만 했다.

*　　　　*　　　　*

"팀장님, 무슨 일 있으세요?"
"아니?"
"그런데 왜 그렇게 초조해 보이세요. 기획안 올린 것도 안 보시고."
"기획안 올렸어?"
"네, 여성가족부에서 지면광고 진행한 거 최종 선택 해야 되잖아요."
"휴, 알았어. 좀 이따가 볼게."

사무실을 서성거리던 강 팀장은 휴대폰을 들고 밖으로 나왔다. 콩닥거리는 가슴이 좀처럼 진정이 되지 않았다. 조금이라도 마음의 안정을 찾고자 하는 마음에 어디론가 전화를 걸었다.

"안녕하세요. 김 프로님."

―네, 벌써 허가 났어요?

"아직은 아니고요 지금 회의하고 있습니다."

―무슨 문제라도 있나요? ·

"아니요! 그건 아니고요. 음… 프레젠테이션 하실 때 담당자로 저 지목하셨죠? 제가 부탁했다고 그런 말씀은……."

―그런 말 안 했어요. 저희하고 손발이 잘 맞는 분하고 했으면 좋겠다고 하면서 강 팀장님 추천했어요.

"아. 그러셨군요. 감사합니다."

―그거 확인하러 전화하셨어요?

"아닙니다! 그냥 감사 인사죠. 회의 끝나면 다시 연락드리겠습니다."

당사자에게 확인을 마치자 불안함이 조금은 가셨다. 그래도 아직 결론이 나지 않았다 보니 마음이 편하지는 않았다. 다시 사무실로 올라온 강 팀장은 여전히 일이 손에 잡히지 않았다. 잠시 뒤, 회의가 끝날 시간이 훌쩍 지났는데도 좀처럼 연락이 없었다. 강 팀장은 본부장에게 올 연락을 기다리며 휴대폰을 쥔 채 자신의 자리에 놓인 전화기만 쳐다보고 있었다. 그때, 직원 한 명이 인사하는 소리가 들렸다.

"본부장님, 오셨어요."

"무슨 인사까지 하고 그래. 일들 봐."

강 팀장은 천천히 고개를 들어 본부장을 쳐다봤다. 어떻게 돌아가는지 알았다면 화를 냈을 텐데 그러진 않았다. 그때, 본부장이 강 팀장을 뚫어져라 쳐다봤다.

'아, 걸렸네.'

그러니까 제대로 일을 했으면 이런 일이 안 생긴다는 생각부터 어떤 식으로 말을 해야 위기를 넘어갈 수 있을지 머릿속이 뒤죽박죽 엉켰다. 그때, 본부장이 숨을 크게 뱉으며 말했다.

"강 팀장, 나 좀 봐."
"네? 네!"

본부장실로 들어온 강 팀장은 아무래도 이실직고를 하고 공을 나눠 갖는 게 타격이 덜할 거라고 생각했다.

"저……."
"어, 강 팀장. 고맙다."
"네?"
"고맙다고!"

강 팀장은 눈만 껌뻑거린 채 본부장을 봤다. 그러자 본부장이 피식 웃으면서 입을 열었다.

"지금 미팅이 C AD 건 때문이더라. 우리가 안 된다고 하니까 바로 행정부로 갔나 보더라고."

"……."

"엄청 마음에 드는 광고 찾았다고 그거 진행하자고 하더라. 그러면서 C AD 광고 보여주더라고. 그거 보는 순간 가슴이 철렁하더라. 그런데 우리가 빼꾸 놓은 건 모르더라고."

본부장은 한숨을 뱉은 뒤 말을 이었다.

"그런데 보건복지부 담당관이 엄청 칭찬을 하는 거야."

"C AD요?"

"아니! 우리 말이야."

"저희를요?"

"그래. 예산 헛되이 쓰지 않고 투명하게 운영한다면서 칭찬하더라. 그러면서 너무 투명하게만 하지 말고 융통성 있게 운영하라고 그러기도 하더라고. 그런 데다가 재무 팀도 입이 막 찢어져라 좋아하고 난 뭔 소리인지 당최 몰라 그냥 입 다물고 있었지. 알고 보니까 C AD에서 우리를 좋게 말해준 거더라."

강 팀장은 여전히 말없이 눈만 껌뻑거렸다.

"나도 네 표정처럼 그렇게 멍하게 있었어."

"아… C AD에서 뭐라고 했는데요?"

"그 광고 가지고 칸 라이언즈 출품하는 거 알고 있었어?"

"아니요?"

"출품한단다. 그래서 올해 꼭 광고를 내보내고 싶은데 우리 샤인에서 추가로 예산을 집행할 수 없어서 내년까지 기다려야 된다고 그랬단다."

"저희가요?"

"그러니까! 우리가 언제 그랬냐고. 나도 헷갈리더라. 우리 기다릴 수 없어서 자기네들이 직접 예산 받으려고 찾아왔다고 했다네. 그러면서도 우리가 한 것도 없는데 도움 줬다면서 칭찬을 했단다. 그동안 강 팀장이 잘 챙겨서 그래. 음주 운전 그 광고부터 해서 라디오까지 얘기하면서 강 팀장 널 엄청 추천했단다."

강 팀장은 좋기도 했지만, 모두가 함께 성공할 수 있는 방법이 있었다는 생각에 너무나 부끄러웠다.

"C AD가 그렇게 말해서 샤인 내에서도 우리 영업 본부 입지가 확 올라갔어. 게다가 예산도 우리 쪽에서 집행하는 것도 아니고. 강 팀장, 진짜 잘했어. 그렇게 진심으로 대해야지."

본부장은 강 팀장을 끌어안은 뒤 등을 두드리기까지 했다. 그러고 나서는 한참이나 회의에 대해서 얘기를 했고, 모든 얘기가 끝나자 본부장이 먼저 제안을 했다.

"C AD에 필요한 게 합창단이라고 했잖아. 우리가 그거 해주자."

"저희가요?"

"서울시립합창단 소개해 주면 되잖아. 합창단하고 우리 몇 번
일했으니까 안면도 있고 우리랑 연계하면 예산도 다운되고. 그
렇지? 우리한테 성의를 보였는데 우리도 성의를 보여야지."

본부장은 후회한다는 듯 입맛을 다시며 말을 이었다.

"잘해줄 걸 그랬다. 그렇지?"

강 팀장은 얼굴이 붉어진 채 고개를 끄덕거렸다.

*　　　　*　　　　*

한겸은 섭외한 라온 스튜디오에서 서울시립합창단원들의 녹
음을 지켜보던 중이었다. 라온 스튜디오의 프로듀서이자 엔지니
어인 강유는 신기하다는 듯 입을 열었다.

"김 프로, 서울시립합창단 어떻게 섭외했어요?"

"섭외 어려워요?"

"합창단 섭외는 어렵지 않죠. 그런데 구성원이 장난이 아니니
까 하는 말이죠. 보통 이런 거 하면 수석하고 부수석은 빠지는
데 다 와서 녹음하잖아요. 지금도 수석 베이스 저분 합창단에
있어서 그렇지 이름 좀 있는 분이에요. 돈 좀 썼겠는데? 그런데,
김 프로."

"네?"

"이번엔 좀 다르네?"

"뭐가요?"

"참견 안 하잖아. 웬일로 입 다물고 가만있네."

한겸은 피식 웃으며 합창단을 봤다. 광고는 이미 색이 보이는 상태였다. 다만 조금 더 완성도를 높일 생각에 진짜 합창단을 섭외한 것이었다. 샤인에서 적극적으로 도와주어서 섭외는 전혀 어렵지 않았다. 한겸은 다만 샤인에서 잡은 날짜에 서울시예술단에 가서 설명만 했을 뿐이었다. 그렇다고 무료는 아니었지만, 예상했던 비용보다는 훨씬 저렴했다.

게다가 샤인의 태도가 완전 달라졌다. 샤인에서 책정할 수 있는 최대의 예산을 C AD에 배정했고, 도움을 요청할 필요도 없이 먼저 나서서 도와주고 있었다. 강 팀장이 C AD까지 찾아와 감사 인사를 하고 갔기에 한겸도 샤인이 왜 그렇게 우호적으로 변했는지 알고 있었다.

'말 몇 마디로 아군 만들고 좋네.'

한겸은 피식 웃고는 함께 자리한 경용을 봤다.

"어때요?"

"믹싱을 해봐야 알겠지만 지금까지는 훨씬 좋네요. 더 웅장한 느낌이에요. 어떻게 진짜 사람 목소리로 할 생각을 했는지 신기하네요. 전 김 프로님 아니었으면 생각도 못 했을 거예요."

"전 그냥 말만 하고 경용 씨가 다 만든 거잖아요."

"진짜 김 프로님 만난 게 제 인생의 가장 큰 기회 같아요."

한겸은 피식 웃고는 녹음 부스를 쳐다봤다. 그때, 한겸의 휴대폰이 울렸고, 한겸은 조용히 스튜디오를 나왔다.

"네, 대표님."

—녹음은 어때?

"사람이 많아서 그렇지 잘되고 있어요."

—언제쯤 끝날 거 같아? 할 얘기가 있다.

"오늘은 힘들 거 같은데요. 급한 일이에요?"

—DooD하고 JD에서 각 2억씩 후원하기로 했고 충무 병원에서 3,000만 원 후원하기로 했다.

"어? 정말요?"

—보건복지부하고 샤인까지 하면 7억 정도 예산 잡힐 거 같다. 제작비 포함이고.

"와, 잘됐네요."

다른 광고에 비해 확실히 적은 금액이었지만, 공익광고치고는 상당히 많은 예산이었다. 한겸이 만족스럽게 웃을 때, 우범의 말이 이어졌다.

—그리고 샤인에서 반응을 보고 추가 예산을 결정하자고 했

다. 그래서 광고를 빨리 내보내자고 하더군.

"연 프로님은 뭐라고 하세요?"

—칸 라이언즈에 지원할 생각이면 바로 게재하는 게 좋을 거라고 했다.

"저도 빨리 공개하고 싶기는 해요. 그런데 꼭 칸에 지원 안 해도 되는데."

—내가 시간 준 건 칸 라이언즈에 지원하라고 준 거다.

한겸은 피식 웃었다. 칸 라이언즈에서 상을 받으면 좋겠지만, 상을 받을 목적으로 만든 광고는 아니었다. 그저 전체에 색이 보이는 광고를 만들어보고 싶었던 마음이 더 컸다.

—자신 없나? 그러면 안 되는데?

"자신 있죠. 그냥 번거로울까 봐 그렇죠. 음, 그럼 이 PD님한테 작업 언제 끝나는지 물어보고 바로 알려 드릴게요."

—그래라. 그럼 우리는 게재 계획부터 짜마.

한겸은 기대된다는 표정으로 통화를 마쳤다. 이제 색이 보이는 광고를 공개하기까지 얼마 남지 않았다.

*   *   *

며칠 뒤. 따로 샤인에 최종 컨펌을 받을 필요도 없었다. 강 팀장이 수시로 확인을 하고 있었고 지금도 C AD에 자리를 잡고 있었다. 혼자도 아니고 영업2팀 직원들과 함께 있다 보니 C AD가 비좁게 느껴졌다. 다행히 기획 팀은 DooD의 홍보 건을 담당하고 있었기에 보안 때문에 외부인 출입이 금지되어 사무실이 한산했다. 그때, 신입팀원들과 홍보 때문에 DooD에 갔었던 범찬이 돌아왔다.

"잘했어?"

"인솔자로 다녀왔는데 할 게 뭐 있어."

"어린이집 선생님이냐?"

"그렇게 생각했는데 역시 임 프로님이 말은 진짜 잘하더라. 괜히 갔어. 그나저나 우리 이사 가야 되는 거 아니냐?"

"갑자기? 왜?"

"지금 사람 몇 명 늘었다고 회사가 엄청 좁잖아! 지금도 플랜팀 들렀다 왔는데 사무실이 꽉 찼어. 도대체 강 팀장은 왜 우리회사에 저러고 있는 거야. 혹시! 우리 회사 취직하려는 거 아니야?"

한겸은 헛웃음을 뱉었다. 옆에 있던 종훈도 어이가 없는지 고개를 저으며 말했다.

"그거, 대표님 때문이야."

"대표님이 왜요? 취직시켜 준다고 그랬어요?"

"뭔 취직이야. 우리 광고 연장될 때 대비해서 미리 플랜 짜놓자고 해서 그래."

"어? 그거 연 프로님이 계획 세워서 보고하는 거 같아요."

"무슨 바람 불었는지 자기네들이 막 알아봐 주고 그래. 좁기는 해도 일손이 늘어나서 연 프로님은 편해하더라."

"신기하네."

"한겸이 때문에 그렇지 뭐. 한겸이가 보건복지부에서 프레젠테이션 할 때 샤인 옹호해 줬잖아."

"그래서 그래요? 은혜 갚은 까치도 아니고 대단들하네."

범찬이 한겸을 보며 박수를 칠 때, 모니터를 보고 있던 수정이 몸을 돌렸다.

"이상한 소리 하지 말고 내일 모레 MBS 8시 뉴스 전에 광고 나오는 거 알지?"

"당연히 알지!"

"같이 볼 거냐고 물어보는 거야."

"바로 반응 살피려면 당연히 같이 봐야 되는 거 아니야?"

"종훈 오빠는요?"

"나도 그래야지."

"이번에는 조촐하게 넷이 보고 넷이 일하게 되겠네."

그때, 한겸이 웃으며 입을 열었다.

"난 집에 가서 보고 다시 회사로 올게."

한겸의 말이 끝나기 무섭게 팀원들이 한겸을 뚫어져라 쳐다봤다. 잠시 아무런 말도 없을 정도로 놀란 얼굴들이었다.

"겸쓰! 어디 아파?"
"아니야."
"그런데 뭐야! 너, 집 싫어하잖아."
"싫어하긴 뭘 싫어해. 그냥 이번에 하는 첫 광고는 보여주고 싶은 사람이 있어서 그래."
"누구? 아버지? 어머니?"
"응. 두 분께 먼저 보여 드리고 싶어서."
"지금까지 첫 광고 여기서 봤잖아. 이제 와서 뭔 효자 코스프레 하려고 그래."

한겸은 피식 웃고는 입맛을 다시며 말했다.

"이번 광고를 만드는 데 가장 큰 도움을 받았거든."
"우리 모르는 사이에 부모님이 도움 주셨어?"
"그렇지. 부모님이 일등 공신이지."

여태 친구들에게 자신에 대한 얘기를 한 적이 별로 없었기에 한겸은 약간 멋쩍어하며 입을 열었다.

"내가 색맹일 때 부모님이 많이 신경 써주셨어."
"부모니까 당연한 거지."

"그래도 힘들었던 건 사실이야. 그래도 사회생활을 하면서 이 사람 저 사람 만나다 보니까 아버지나 어머니나 왜 그렇게 사람들은 평등하다고 그랬던 건지 알겠더라고."

한겸이 진지한 표정으로 말을 해서인지 팀원들도 진지하게 얘기를 들었다.

"항상 그런 모습을 보여주시니까 당연하다고 생각하면서 컸거든. 그런데 막상 일을 하다 보니까 아버지나 어머니처럼 행동하는 게 당연한 게 아니더라고. 아버지가 대표다 보니까 높다면 높은 위치인데 직원들하고도 막역하게 지내고 그러잖아. 그게 쉬운 게 아닌데."

"그렇지. 아직도 분트 가면 전부 '하이' 하고 인사하잖아."

"그래. 그리고 내가 알바를 하더라도 어떤 직업인지는 문제 삼지 않으셨어. 남들 시선도 신경 쓸 만한데 그런 게 전혀 없었어. 오히려 어떤 일이든지 경험해 보게 하셨어. 어머니도 마찬가지셨고. 예전에는 단순히 어머니 취미가 많다고만 생각했는데 지금 생각해 보면 나 때문에 그랬던 거야. 말로 하는 거보다 새로운 것에 도전하는 걸 두려워하지 않게끔 직접 보여주시려고."

"그걸 어떻게 알아?"

"알지. 지금까지 매번 어머니 취미가 바뀌셨는데 내가 회사를 차리면서 그게 없어졌어. 가죽공예를 끝으로."

"그래서 겸쓰 네가 겁 없이 여기저기 들쑤시고 다녔고만? 아!

그래픽 수업에서도 혼자 C 맞아놓고도 당당했던 게 이해되네. 다 엄마 탓이었어!"

"하하, 두 분 덕분이지. 사실 아버지가 예전에는 지금처럼 안 그러셨대. 그런데 나 태어나고 내가 색맹인 거 알고 나서 변하신 거래. 예전에 대만 갔을 때 대표님이 갑자기 아버지한테 감사하라고 해서 이상하게 생각했거든. 그런데 알고 보니까 나 때문에 변하신 거더라고. 내가 색맹으로 태어나서 위축될까 봐 항상 사람은 동등하다고 그렇게 알려주시고 여러 가지 일을 해보면서 두려움 대신 자신감을 채워주신 거야."

"조금 실패하신 것 같기도 하네. 자신감에 너무 몰빵 한 거 같기도 하고."

수정은 팔꿈치로 범찬의 옆구리를 때렸다.

"아! 왜 때려!"
"좀 닥쳐!"

한겸은 피식 웃었다. 평소처럼 반응해 주는 모습 덕분에 오히려 마음이 편했다.

"그래서 이번 광고도 만든 거야. JD 한 대표님이 했던 말로 시작됐지만 부모님한테 이렇게 컸다라고 보여주고 싶은 생각도 있었어."

그때, 종훈이 손가락을 튕기며 말했다.

"주차장에서? 아… 그래서 그때 누구한테 보여준다고 그랬구나."

"그랬죠."

범찬은 놀랍다는 표정으로 한겸이 아닌 종훈을 쳐다봤다.

"형은 겸쓰가 하는 말은 다 기억해요? 어디 메모라도 해두는 건 아니죠?"

"그냥 기억난 거야."

"겸쓰 추종자 1호야."

"네가 1호잖아."

"전 경쟁자!"

한겸은 피식 웃고는 입을 열었다.

"그래서 부모님들한테 잘 컸다고 보여 드리고 싶어. 그러니까 그날은 집에서 보고, 이따 밤에 회사로 올게. 이해해 줘."

세 사람은 고개를 끄덕거리더니 동시에 입을 열었다.

"겸쓰! 그러지 말고……."

"김한겸, 우리……."

"그럼 그날 우리……."

범찬과 수정은 인상을 쓴 채 서로를 쳐다봤고, 종훈은 웃으며 두 사람에게 먼저 말하라고 했다. 먼저 말을 한 건 범찬이었다.

"그러지 말고 너희 집 가서 보면 되잖아. 나도 부모님한테 할 말도 있고."
"네가? 아니야, 됐어. 넌 할 말 없어."
"내가 있다는데 왜 네가 없대. 웃긴 놈이네."
"아니야. 넌 없어. 없다니까?"
"있다니까. 아빠, 엄마한테 겸쓰 잘 키워주셔서 감사하다고 인사도 하고 그래야 될 거 아니야. 그리고 부모님도 나 같은 친구들이랑 오면 더 좋아하시지. 모든 사람들을 평등하게! 부모님이 원하는 인재가 바로 나 아닐까?"

수정도 범찬의 의견에 동의하는 듯 고개를 끄덕이며 말했다.

"최범찬이 격이 없긴 하지. 그래도 범찬이 말대로 같이 가는 건 어때? 부모님도 우리들 보면 더 좋아하실 거 같은데? 종훈 오빠도 같은 생각이지?"

종훈은 콧등을 긁으며 고개를 저었다.

"난 그날 우리끼리 할 테니까 한겸이는 부모님들하고 있으라고 하려고 했어. 우리가 가면 부모님은 좋아하시겠지만 한겸이는 민망할 거 같은데. 잘 컸다고 감사 인사를 하려고 하는 거 같은데 우리 있으면 좀 그렇잖아. 특히 범찬이."

"그런가… 뭐, 그런 거 같기도 하고. 종훈 오빠 웬일이야."

"종훈이 형 겸쓰 추종자 맞다니까!"

한겸은 종훈 덕분에 부모님과 시간을 보낼 수 있게 되었단 생각에 안도의 한숨을 뱉었다.

＊　　　　＊　　　　＊

이틀 뒤. 식사를 마치고 거실 소파에 자리한 한겸은 긴장한 채 부모님의 표정을 살폈다.

"8시 뉴스 전에 나온다고?"

"네. 5번째 배정됐어요."

"그냥 영상으로 보여달라니까."

"당신은 참. 정규 방송에 편성되는 거 보면 더 좋지. 우리 한겸이가 만든 건데."

"그냥 한 말이지. 그동안 집에도 안 들어오면서 어떤 광고 만들었는지 한번 볼까!"

한겸은 말없이 TV만 바라봤다. 수많은 사람들 앞에서 프레젠

테이션 할 때도 이렇게 긴장되진 않았는데 지금은 너무 긴장이
된 나머지 미소조차 지어지지 않았다. 그때, TV에 한겸이 제작
한 광고가 나오기 시작했다.

　─성별 상관없이. 환자가 될 수도, 의사가 될 수도 있으며.

　한겸은 조심스레 부모님의 표정을 살폈다. 두 분은 무척이나
진지한 표정으로 광고에 빠져들었다.

　─직위 상관없이. 누구나 식사를 하며.

"후후."

　아버지는 피식 웃으시더니 다시 화면을 봤다.

　─피부색 상관없이. 누구나 즐길 수 있으며.

　화면에는 마지막 장면이 나오고 있었다. 버스에서 내린 연성
이 나오고 있었다. 잠시 뒤, 목발을 짚은 채 화면을 보며 환하게
웃는 연성의 모습이 나왔다.

　─장애 상관없이. 모두가 같은 사람입니다.

　마지막 카피를 끝으로 광고가 끝났다. 한겸은 긴장된 표정으

로 부모님을 봤다. 두 분은 한겸이 왜 이런 광고를 만들었는지 눈치챘는지 흐뭇한 미소만 짓고 있었다. 한겸은 그런 부모님에게 먼저 말을 걸었다.

"바르게 키워주셔서 감사해요."

어머니는 한겸의 손등에 손을 포갰다.

"바르게 자라서 엄마가 더 고마워."
"남들하고 다르다고 생각할까 봐 고생하신 거 알겠더라고요."
"우리 한겸이 다 컸네. 그런데 너도 부모가 되면 알 거야. 부모는 다 그런 거야. 네 아빠만 봐도 그렇잖아."

아버지 역시 흐뭇한 표정으로 한겸을 봤다.

"자식이 말이야, 이제 좀 안심이 되네. 잘 만들었네."
"정말 감사하고 있어요."
"됐어. 엄마 말대로 부모 되면 알 거야. 그런데 사람은 동등하지만 부모는 동등한 관계가 아니야. 존경해야지. 그러니까 감사보다는 많이 존경하도록."
"후후후. 네, 존경하고 있어요."
"그런데 너, 중간에 JD 대표 나올 때 그거 식사해야 된다는 거 말이야."
"이상해요?"

"아니, 그거 내가 계속 밥 먹을 거냐고 물어본 거에 대한 항의 차원에서 넣은 건 아니지?"

"하하하. 아니에요."

아버지는 흐뭇해하는 표정으로 계속 미소를 지은 채 어머니를 쳐다봤다. 아버지와 눈을 마주친 어머니도 아버지와 같은 미소를 지었다.

"우리 잘 키웠네."

제6장

감사합니다

며칠 뒤. 한겸은 표정 없이 광고에 대한 반응을 살피고 있었다. 아직 돌아오는 반응은 크지 않았지만, 효과는 확실히 있었다. 아직 광고에 대한 얘기보다는 연성에 대한 얘기가 많았지만 그것만으로도 만족하고 있었다.

—장애인도 가능하다는 얘기였구나.

—저 사람 어디서 봤는데?

—JD에서 소개했던 사람임.

—마지막 장면에 나도 모르게 같이 웃었네.

그렇게 반응이 크진 않았지만, 전체에 색이 보이는 광고였기에 한겸은 그렇게 초조해하지 않았다. 하지만 팀원들은 한겸과 달랐다. 그중 걱정이 많은 종훈은 수시로 반응을 살피고 있었다.

"이상하네, 어디서 언급되거나 그런 게 없어. 수정아, 기사 안 떴어?"

"없어요. 언급도 안 되고 있어요."

"이상하네."

한겸은 피식 웃으며 팀원들을 달랬다.

"이제 며칠 안 됐잖아요. 기다려 봐요."

"그렇겠지? 난 분마보다 이번 광고가 훨씬 마음에 들었는데 그래서 금방 반응 올 줄 알았는데."

"아무래도 노출 빈도 때문에 그럴 거예요."

"아! 그럴 수 있네."

"DIO나 분트는 예산이 엄청났잖아요. 그런데 이번에는 그렇게 많은 예산은 아니라서 아직 많이 못 봐서 반응이 없는 걸 거예요. 그리고 다른 곳은 이벤트도 같이 했는데 이번 광고는 공익광고라고 그런 거 없이 광고로만 승부 보잖아요."

한겸은 광고 횟수에서부터 차이가 심하게 났기에 그럴 수 있다고 생각했다. 그래도 광고하는 기간이 다른 광고보다 길게 잡혀 있기에 시간이 지나면 비슷할 것이었다. 다만 예산 때문에 광고가 나가는 게 시청자가 많은 시간대는 아니었다. 그래도 분명히 반응은 올 거라고 확신했다.

그때, 사무실 문이 열리더니 경용이 들어왔다. 그러자 범찬이 마구 웃으며 반겼다.

"형, 우노 사장님이 또 커피 줬어요? 그러니까 좀 씻고 다니라니까."

"아니야. 내가 산 거야. 커피들 드세요."

"크크. 형 어쩐 일이에요? 어? 그러고 보니까 우리 기획 팀 DooD 홍보 때문에 아무나 못 들어오는데?"

"대표님한테 말하고 왔어."

우범이 허락했다면 일에 관한 얘기일 거라 생각한 한겸은 경용을 보며 말했다.

"무슨 일 있어요?"

"상의할 게 있어서요."

"상의요?"

평소라면 전화로 상의했을 텐데 C AD까지 찾아온 걸 보면 중요한 얘기 같았다. 가뜩이나 광고에 대한 반응이 없었기에 한겸은 걱정되는 표정으로 사무실 가운데 놓인 회의 탁자로 자리를 옮겼다. 그러자 경용이 멋쩍게 웃으며 말했다.

"심각한 건 아닌데요. 얼굴도 볼 겸 제가 혼자 판단할 수가 없어서 왔어요."

"무슨 일인데요?"

"이번 광고음악이요. 그걸 제 이름으로 등록했잖아요. 그래서 저한테 저작권협회에서 연락이 왔어요."

"뭐라고요?"

"그거 저작권 이용 허가하라고요."

"그걸 왜 연락이 와요? 저작권협회 등록하면 거기서 관리하는 거 아니에요?"

"네, 디지털저작권거래소에서 하는데 저한테 연락이 와서는 연락처 알려준다고 그러더라고요. 저도 깜짝 놀랐거든요."

한겸은 의아한 표정으로 경용을 보며 물었다.

"어디에서요?"

"MBS, KTBS, SBC 스포츠국에서요. 한 번에 다 연락이 왔어요."

"세 곳에서요?"

"네, 자세한 얘기는 만나서 하고 싶다고 그래서. 엄청 급한 거 같더라고요."

한겸은 왜 갑자기 세 개의 방송국에서 연락이 왔을지 가만히 생각했다. 세 곳 모두가 연락을 한 이유가 있을 것이었다. 잠시 뒤 한겸은 알아차렸다는 듯 환하게 웃었다.

"겸쓰, 왜 웃냐?"

"반응이 오는 거 같아서."

"뭔데! 알려줘."

"아마 월드컵 때문인 거 같은데?"

"월드컵? 축구?"

"응, 내년에 월드컵 하잖아. 이제 예선 할 텐데 그때 배경음으로 쓰려고 그러는 거 같은데. 동시에 연락이 올 이유가 음악이 우리나라 입장하고 잘 맞아서 그런 거 아닐까? 세계인의 축제이면서 우리나라는 항상 도전자의 입장이기도 하니까 우리 음악하고 잘 어울릴 거 같은데?"

"아… 그런가?"

그때, 검색을 하던 수정이 입을 열었다.

"월드컵 맞는 거 같은데? 방송 3사에서 중계한다네. 조별 1위로 아시아 예선은 통과한 상태네. 그리고 15일 뒤 이란하고 평가전 한다는데?"

"헐! 겸쓰! 진짜 우리 광고음악 월드컵에서 나와?"

"봐, 내가 아까 기다리자고 말했잖아."

한겸은 피식 웃으며 말했다.

"그럼 세 곳 모두가 아니라 한 곳 골라야 되는 거네요?"

"네! 맞아요. 단번에 아시네요."

"하는 게 좋을 거 같아요."

그때, 범찬이 손가락을 튕기며 입을 열었다.

"그럼 방송국은 SBC로 해야 되겠네!"
"왜? SBC에 아는 사람이라도 있어?"
"날 뭐로 보고!"
"갑자기 생뚱맞게 SBC로 하자니까 그런 거지."

범찬은 씨익 웃으며 목을 가다듬었다. 그러고는 책상까지 두드리며 노래를 부르기 시작했다.

"빰빰 빰 빰빰 두그두그두그, 이거 MBS."
"……."
"짜잔짠짜잔 짠짠 짜잔짠, 이건 KTBS."
"뭐 하냐?"
"하하하. 들어보긴 했지? 그럼 SBC 스포츠 노래 기억하는 사람?"

한결은 범찬이 무슨 말을 하려는지 단번에 이해했다. 어이가 없는 듯한 표정으로 고개를 저을 때 종훈이 웃으며 말했다.

"그건 스포츠 타이틀곡이잖아."
"우리라고 타이틀곡 못 하라는 법은 없죠!"
"우리는 좀 잔잔하기도 하고 때로는 웅장하기도 하고 그러는데 타이틀곡들은 전부 빵빵 터지는 거 아니야?"

"그런가?"

한겸은 종훈에게 엄지를 내밀며 말했다.

"종훈이 형 말이 맞아. 우리 광고음악은 타이틀곡이 아니라 감성적으로 다가가려고 하는 걸 거야. 국가대표들 경기 이기고 환호하는 모습을 좀 뿌듯하게 보이게 하려고 그러는 거 아니면 경기에서 지더라도 열심히 뛴 모습 보여주면서 우리 음악 깔겠지."

"아, 듣고 보니 그러네. 아까비. 그럼 방송국은 어떻게 정해?"

그러자 이번에는 수정이 대답했다.

"편성 시간대나 중계진 보고 어느 방송국 시청률이 잘 나올지 판단해서 해야지. 저번 월드컵 방송사별 시청률부터 조사해 보고 중계진 어떤 사람이 하는지 보고 영향력 판단해서 결정해야 돼."

이제는 자신들끼리 의견을 내놓으며 자연스럽게 계획을 세우고 있었다. 한겸은 팀원들을 보며 가볍게 웃은 뒤 입을 열었다.

"어디든 상관없어. 시청률 올리려고 전부 공 들여서 준비하고 있을 거니까. 그리고 차이라고 해봤자 얼마 안 날 거야. 그러니까 가장 빠른 데하고 해도 될 듯한데? 평가전 중계하는 곳이 어디라고 그랬지?"

"SBC."

"그럼 SBC한테 하라고 하면 되겠다. 휴, 방송국 반응 보면 좋게 본 거 같은데 앞으로도 음악은 여기저기 많이 나오겠네. 경용 씨가 잘 만들어줘서 반응이 빨리 오네요."

경용은 기분 좋은 미소를 지으며 말했다.

"다 김 프로 덕분이죠. 이제 광고도 곧 반응이 올 겁니다!"

한겸은 웃으며 고개를 끄덕거렸다.

*　　　　*　　　　*

한 달 뒤. 공익광고에 대한 반응이 천천히 올라오기 시작했다. 그럼에도 기획 팀은 반응에 신경 쓸 겨를이 없었다. 몇 명 되지 않는 팀원들이지만 2팀으로 나눠 업무를 진행했다. 범찬과, 종훈, 수정이 주로 지휘를 했고 다른 팀원들이 따르는 방식이었다. 많은 일을 맡고 있었지만, 경험이 쌓여서인지 생각보다 수월하게 해나가고 있었다. 한겸은 일을 하다 말고 팀원들을 쳐다봤다.

"양 프로님, 파우스트에서 연락 왔어요?"
"분트에서 오웬 씨 다음 주에 온답니다!"

"윤 프로님한테 아동학대 방지 포스터 다 됐나 확인 좀요!"

"김한겸! 내일 두립 자동차 미팅 있다니까! 뭐 해! 너 혼자 왜 멍 때리고 있어!"

한겸은 가볍게 웃으며 종이를 들어서 흔들었다.

"다 해놨어."

"언제 다 했어!"

"어제 회의하고 다 해놨지."

"넌 여기가 집이야?"

"장소가 중요해? 요즘 많이 나오는 말도 있잖아. 장소에 상관 없이."

한겸은 웃으며 말하자 바쁜 팀원들도 피식 웃었다. 한겸이 농 담을 하자 범찬이 이때다 싶었는지 끼어들었다.

"진짜 축구 이겨서 대박 쳤어. 어떻게 6:1로 이기냐? 그것도 유소년 대표 출신이 다 넣었어! 박우람!"

"최범찬 이상한 데 빠지지 말고 이리 와라."

"잠깐만! 중요한 얘기잖아. SBC 애들이 센스가 넘쳐. 나이에 상관없이! 승패에 상관없이! 경력에 상관없이! 실력으로 뽑힌 우 리는 축구 국가대표입니다! 이야."

"또 이상한 소리 하네. 무슨 그거 때문이야! 내가 자료 보여줬 지. 예능에서 인지도 올린 게 더 크다고."

"그것도 그렇긴 하지."

예능에서도 광고의 카피를 인용한 자막들이 넘쳐났다. 마치 경쟁이라도 하듯 너 나 할 것 없이 자막을 사용했다. 누구를 칭찬하기 위해서도 사용했지만, 누구를 놀릴 때도 사용했다. 한 예능에서는 출연자가 재미없는 얘기를 계속 이어나가려 하자 자막으로 '분위기에 상관없이'라는 자막을 넣을 정도로 이곳저곳에서 나오고 있었다.

일종의 밈으로 이어질 정도로 광고의 반응이 뜨거웠다. 딱히 어떤 계기가 있었던 건 아니었다. 그저 차근차근 광고를 보는 사람들에게 천천히 다가갔고, 그들이 직접 느끼게 만들어 나온 결과였다. 덕분에 광고음악부터 카피까지 사람들의 뇌리에 깊게 파고들었다.

그때, 사무실 문이 열리더니 우범이 들어왔다. 평소에도 말끔했지만, 최근 들어 더 말끔한 상태였다. 사무실로 들어온 우범은 팀원들에게 인사도 없이 터벅터벅 걸어가더니 선반 위에 무언가를 올려두었다.

"고생하셨어요."

"진짜 고생했다. 감사패 준다는데 안 갈 수도 없고."

"오늘은 게임산업협회였죠? 그럼 이제 한 곳 남았네요."

"그래. 장애인인권위원회 남았지. 광고 하나 잘 만들었다고 이렇게 불려 다닐 줄은 생각도 못 했다."

"그래도 대표님 계셔서 다행이에요. 매번 연설 준비도 하시고."

"그래도 가면 어깨에 힘 좀 들어가니까 그걸 위안 삼아 가는 거지."

하나의 광고로 여러 단체에서 감사패까지 받고 있는 상태였고, 그건 우범이 담당했다. 그만큼 광고의 효과가 좋았다. 우범은 선반 위에 놓은 상패들을 정리했다. 예전에 한국 광고 대상에서 받았던 상패들과 이번에 받은 감사패까지 더해져 선반 위가 꽉 차 있었다.

"이렇게 보니까 새삼 대단하군."

"뭐가요?"

"대학교 동아리에서 시작해서 여기까지 온 거 말이다."

"다 대표님이 도와주셔서 그렇죠."

"그렇지. C AD로 결정한 내 선택을 나도 칭찬하고 있지. …뭘 그렇게 봐. 농담인데."

"살짝 아버지 같아서요."

"대표님께 배웠으니까 닮았겠지. 그나저나 이제 하나 남았지. 아니지, 하나가 아니지. 이제 시작이군. 여기 있는 건 사무실에 가져다 놓아야겠군."

"칸 라이언즈 말고 다른 데도 출품하셨어요?"

"아니, 하긴 할 건데 아직은 칸에만 출품한 상태다."

"그런데 뭘 하나가 아니에요?"

"칸에서 한 번만 받을 건 아니잖아. 내년, 내후년, 앞으로 계속 받아야지."

한겸은 웃으며 고개를 끄덕거렸다.

＊　　　＊　　　＊

6개월 뒤. 늦은 저녁, C AD의 직원들이 한 식당에 자리했다. 직원들이 그렇게 많은 편이 아니었는데도 식당은 꽉 들어차 있었다. C AD뿐만이 아니라 이곳저곳에서 약속을 정하는 통에 한 번에 정리하기 위해 초대를 한 것이었다. 그러다 보니 서승원, 박재진과 라온 직원들 몇 명부터 파우스트의 임 부장과 마리아톡 권 본부장 등 인연이 있는 사람들 대부분이 자리하고 있었다. 다만 C AD의 한겸과 우범만 빠진 채였다.

"겸쓰는 진짜 미친 거 같아."
"이번만큼은 최범찬 의견에 동의. 아빠한테 전화하니까 어떻게든 한국에 빨리 가려고 강행군이래."
"좀 쉬지. 나도 이건 좀 아닌 거 같은데."

세 사람은 시끌벅적한 사람들을 둘러보며 고개를 저었다. 그러자 임 프로가 한겸을 대변하듯 말했다.

"오늘 하루에 끝내야 되니까 그렇죠. 미국 가면서도 계속 사람들 만나고 다니면 일은 언제 하냐고 걱정하면서 가셨잖아요. 아마 지금도 계속 일하면서 오고 있을 거예요."

"아… 내가 왜 하필 일중독자를 만나서. 한강 보이는 아파트만 아니었어도!"

"잘 아시네요! 김 프로님이 미국 가시면서 혹시나 최 프로님이 농땡이 피우면 하라고 한 말이 있긴 했는데."

"하지 마요!"

"'얼굴도 못생겼는데 아파트라도 있어야 장가갈 거 아니야'라고 하셨죠."

"하지 말라니까 왜 하세요! 성격 이상하시네!"

"그리고 윤 프로님한테 혼나기 싫으면 술도 적당히 마시라고 그러셨어요. 참고로 지금 술 입에 댄 사람 최 프로님뿐인 거 아시죠?"

바로 옆 테이블에 마지막 광고모델들과 함께 있던 연성이 대화를 듣고 큭큭대며 웃었다.

"너 왜 웃냐?"

"한결이다워서 웃은 거지."

"뭘 한결이다워. 그냥 일중독자지. 그나저나 넌 너희 회사 회식이라면서 왜 여기 있냐? 너, 우리 경쟁업체잖아!"

"경쟁업체는 아니지. 그냥 TX 외주업체인데."

"너, 지금 회사에서 받는 대우 다 우리 덕분인 거 알지? 우리한테 잘해라!"

"크크. 알았어."

근처 테이블에 있던 박제진도 대화를 듣고는 웃으며 말했다.

"재주는 한겸이가 부렸는데 왜 범찬이 네가 그래."
"같이한 거거든요?"
"그렇다고 쳐."
"치는 게 아니고 진짜거든요?"
"알았어. 그런데 사람 엄청 많네. 아까 보니까 저기 JD 대표도 있고 DIO 부사장도 와 있던데? 난 승원이하고 인사하길래 누군가 했어."
"아, 우리한테 광고 입찰 참여하라고 그랬는데 우리 지금 맡은 거 많아서 깠거든요. 그랬더니 오늘도 찾아왔다가 회식한다는 거 알고 참여한 거예요. 쉽게 말해서 초대하지 않은 손님."
"푸하하. 너희들 대단하네. 초대도 안 했는데 DIO 부사장이 다 오고."
"저희가 이 정도예요."
"그런데 주인공은 언제 와?"
"저 여기 와 있잖아요. 저도 주인공인데요?"

가만히 듣고 있던 수정은 자신이 부끄럽다는 표정을 짓고는 대신 대답했다.

"아까 공항에서 택시 탔다고 그랬으니까 이제 도착할 때 됐어요."
"그래? 그런데 왜 이렇게… 참, 양반은 못 되네. 저기 봐."

그때, 방 PD를 선두로 우범과 한겸이 같이 식당으로 들어오는 모습이 보였다. 이렇게 많은 사람들이 있는지 이미 알고 있었는지 당황하지도 않은 표정이었다. 한겸은 사람들에게 가볍게 인사를 하고는 앉지도 않은 채 팀원들을 불렀다.

"다 와요. 셋만 오지 말고 우리 팀 다 나와주세요. 경용 씨도요."

"야, 우리 Do It도 나와!"

C AD의 기획 팀과 Do It의 직원들이 전부 나오자 식당 가운데가 가득 찼다. 한겸은 방 PD에게 먼저 말하라고 손짓을 했다. 그러자 방 PD가 인상을 찡그리더니 들고 왔던 가방에서 뒤적거리기 시작했다.

"큼! 김 프로 때문에 폼도 안 나게 이게 뭐야. 아무튼 이게 바로 칸 라이언즈에서 받은 상입니다."

"어? 두 개라고 안 했어요?"

"하나는 트렁크에 있어. 그냥 하나만 봐. 아무튼! 이건 크리에이티브 제작 부분 그랑프리고, 김 프로 때문에 차에 놓고 온 상은 헬스&웰페어 부문 그랑프리!"

모두가 식당이 떠나갈 듯 박수를 치며 환호했다.

"감사합니다. 거기선 수상 소감도 못 말하고……. 여기서 말할 줄 알았으면 그냥 안 갔을 텐데. 아무튼 이렇게 상을 받아서 기쁘지만 한편으로는 마음이 무겁습니다. 솔직히 제작 팀을 이끌긴 했지만, 모든 게 C AD의 기획 팀에서 나온 것이다 보니 이 상을 받아도 되는 건지 싶더라고요."

방 PD는 한곕을 쳐다보더니 미소를 짓고는 말을 이었다.

"C AD에 주고 싶지만, 여기 이름이 적혀 있어서 그건 안 될 거 같고 대신 앞으로도 최선을 다해 제작 팀을 이끌겠습니다. 다들 앞으로도 잘 부탁드립니다!"

짝짝짝짝짝.

Do It의 직원들이 모두 동시에 고개를 숙여 인사를 하고 자리로 돌아갔다. 그러자 사람들은 오늘의 주인공인 C AD의 기획 팀을 쳐다봤다.

"이렇게 모여주셔서 감사합니다. 다들 뉴스에서 보셨겠지만, 칸 라이언즈 헬스 그랑프리와 캠페인 그랑프리를 탔어요. 사실 대상 3개까지는 탈 줄 알았는데 크리에이티브 전략 하나는 아쉽게 은상이네요."

"아! 겸쓰, 좀 겸손하게!"

"사실이잖아. 넌 대상 5개는 가능하다고 그랬었잖아."

"그건 우리끼리 한 얘기고!"

"둘이 뭐 해? 쪽팔리게!"

"그래, 싸움은 올라가서 해."

네 사람이 티격거리는 모습에 모여 있던 사람들은 큭큭거리며 웃었다. 한겸은 헛기침을 하고는 말을 이었다.

"딱히 상 받았다고 자랑하려고 모인 자리는 아니고, 그동안 저희에게 광고를 맡겨주셔서 감사 인사를 드릴 겸 초대했습니다. 여러분의 광고 하나하나를 거름 삼아 발전했고, 성장할 수 있었습니다. 지금 여기에는 안 계시지만 하루 헬스장 관장님부터 두레박 사장님, 항아리 사장님들, 그리고 박순정 김치분들까지 모두 감사합니다. 그리고 항상 믿고 맡겨주시는 파우스트부터 분마로 C AD를 알릴 수 있게 맡겨준 분트와 마지막으로 DIO까지. 여러분들 덕분에 지금 C AD가 존재할 수 있다고 생각합니다."

"저! HT는요……."

"아! 황 과장님. HT도 당연히 많은 도움이 되었습니다. 그리고 그 외에도 우리 C AD 사무실 팀, 플랜 팀, 포스터 제작 팀도 저희를 믿고 따라와 줘서 너무 감사합니다. 그리고 Do It을 포함한 협력 업체분들도 항상 감사하게 생각하고 있습니다. 마지막으로 승기와 경용이 형, 그리고 연성이를 비롯해 재진 형님, 승원 형님 등 C AD를 믿고 도와주셔서 감사합니다."

한겸은 자리에 모인 사람들 한 명 한 명 빼놓지 않고 감사 인사를 전했다. 그러자 가만히 듣고 있던 박재진이 웃으며 말했다.

"야, 경용이 지금 네가 형이라고 그랬다고 얼굴 시뻘개졌네. 아무튼 무슨 수상 소감이 그래. 어디 멀리 떠나는 사람 같잖아."
"전 C AD를 지켜야죠. 제가 여러분들께 이런 말씀을 드리는 건······."

한겸은 씨익 웃으며 우범을 봤고, 우범은 고개를 끄덕거리며 웃었다.

"내년 라이언즈에서 상을 받는 광고가 여러분의 회사 광고가 될 수도 있다는 겁니다."
"아! 우리 JD부터!"
"한 대표님! 전 벌써 한 달이 다 되어갑니다. 그래서 제가 초대받지도 않았는데 와 있는 거 아닙니까!"

이 자리에서 영업을 해버린 한겸은 웃으며 팀원들을 봤고, 팀원들은 어이없는 웃음을 뱉었다.

"겸쓰, 넌 여기서까지 그러고 싶냐?"
"그래! 어련히 알아줄 텐데."
"한겸이 말 듣고 DIO 부사장님하고 한 대표님하고 서로 눈치 본다."

한겸은 피식 웃으며 말을 뱉었다.

"광고 회사가 광고하는 건 당연한 건데 뭘 그래. 내일부터 우리 상 받은 기사 엄청 나갈 거야."
"지금도 많이 나오고 있는데?"
"더 나올 거야. 대표님 오셨잖아."

다들 이해한다는 듯 고개를 끄덕거렸다.

"아마 오늘 뉴스에 나올 수도 있겠네."

인사를 마친 한겸은 팀원들과 함께 자리로 돌아왔다. 지금까지 형식적인 인사였지만 지금부터는 술잔이 오가는 인사였다. 이 사람 저 사람과 인사를 나누다 보니 술기운이 올라오는 게 느껴졌다.

"겸쓰, 네가 한 번에 다 불러서 그런 거니까 참고 마셔. 먹고 죽어!"
"네가 대신 좀 먹어. TV나 잠깐 봐야겠다."
"회식에서 무슨 TV야!"
"뉴스에 우리 나올 수도 있다니까? 우리 나오면 분위기 올라가고 좋잖아."

한겸은 술잔을 내려놓고는 식당에 걸려 있던 TV를 틀었다. 아직 뉴스가 시작할 시간이 아니었는데 TV에는 뉴스가 나오고 있었다.

"어? 겸쓰 지금 뉴스 해? 지금 7시 40분인데 뭔 뉴스를 지금… 어? 미친!"

범찬의 큰 소리에 식당에 있는 모든 사람의 시선이 TV에 쏠렸다. TV 화면에는 뉴스 속보라며 엄청 큰 자막이 흘러 나가고 있었고, 자막을 본 사람들은 술에 취해서 잘못 본 건 아닌지 확인하려 눈을 비비기까지 했다.

─남북 종전 선언 확실. 곧 평화 협정 체결.

"우리나라 이제 통일되는 거야?"
"뉴스에서 체제 유지라고 그러니까 당장은 아니겠지. 체제 보장된다고 그런 말 했었잖아."
"헐… 와… 쇼킹이다. 어? 그런데 왜 하필 우리 상 받았을 때 이런 일이 생기는 거야!"

범찬의 말처럼 순식간에 C AD를 축하하는 자리에서 통일에 대한 얘기가 오가기 시작했다. 뉴스에서는 별의별 얘기가 다 나오고 있었다. 왜 낮이 아닌 저녁 시간에 발표가 되었는지부터 북한 국무위원장의 건강 문제설까지 나오고 있었다. 그러다 보니 모두가 뉴스 앞에 모인 상태였다. 그때, 범찬이 갑자기 불안해하는 표정으로 변하더니 수정과 종훈에게 속삭였다.

"전에 겸쓰가 뭐라고 했었죠?"
"뭐라고… 아… 남북 얘기 했었지……."
"오빠하고 최범찬 너는 진짜. 아무리 김한겸이라도 그건……."

한겸을 보며 말하던 수정은 말을 멈췄다. 그러자 불안한 표정
의 범찬과 종훈도 한겸을 쳐다봤다. 다행히 한겸은 별다른 표정
없이 화면을 보고 있었다.

"어휴… 식겁했네."

그때, TV에 나온 전문가가 종전 선언으로 생길 변화에 대해
예측을 하기 시작했다. 그리고 동시에 한국과 북한의 이곳저곳
을 보여주며 머지않아 관광도 가능해지지 않을까 추측했다. 그
리고 그 순간 한겸의 표정이 반짝거리더니 갑자기 입꼬리가 천천
히 올라갔다.

"왜 웃어! 웃지 마! 방수정, 겸쓰 때려!"
"하하하."

한겸은 잇몸까지 보일 정도로 환하게 웃으며 TV를 가리켰다.

"뉴스도 다시보기 돼?"

"뭐야! 뉴스를 왜 다시 봐! 미친놈아!"

"크크. 저기 안내하는 사람 노랗게 보이는데?"

"노랗기는 뭘 노래! 넌 병원이나 가봐!"

한겸은 세 사람을 보며 씨익 웃으며 말했고, 세 사람은 어이가 없다는 표정으로 한겸을 봤다.

"우리 여행 광고 한번 만들어볼래? 한국부터 시작해서 북한까지!"

『눈으로 보는 광고 천재』 完.